TAL COMO EXISTIMOS

ISBN: 978-84-127649-4-9
Depósito Legal: M-18700-2024

Kaoutar Harchi

TAL COMO EXISTIMOS

Traducción del francés
Inmaculada Jiménez Morell

ediciones del oriente
y del mediterráneo

A aquellos y aquellas sin quienes
A aquellos y aquellas para quienes

UNA FLECHA

Y aquel día, ignoro cuál, pero aquel día que un día existió.

Tenía seis años, siete tal vez.

Vuelvo a ver el estuche de tela negra, los cuadernos, los libros de texto esparcidos por la mesa de la cocina, en donde solía hacer los deberes al salir de la escuela, por la tarde. Por la puerta entreabierta atisbaba el salón, y, en el salón, la cómoda de madera clara sobre la que descansaban el televisor y el vídeo.

Mis padres, Hania y Mohamed, estaban en esa habitación. Sentados juntos en el sofá de tela a cuadros viendo la película de su boda. Se reían de verse vestidos y peinados así. Se reían de ver los rostros de sus familiares, la casa del padre de Mohamed, la concurrida calle y, a pocos metros de allí, los dos caballos enganchados a la calesa en que los recién casados habían estado paseando toda la tarde a lo largo del paseo marítimo que daba al océano.

Y de aquel día, aunque mal grabado, chirriante, me llegó el sonido de sus voces, de sus voces jóvenes. Una flecha de amor me alcanzó el corazón, lo perforó en su centro. Un flechazo. Me emocionó reconocerlos. Eran sus voces, eran ellos.

Esa frescura, esa belleza sonaban lejanas. Pertenecían a otra época, otro lugar, otra vida. Me dije: aquello existió antes que yo, me precedió. Mis padres, una vez, fueron jóvenes y despreocupados, y yo no tenía ni idea. Hania y Mohamed se sintieron alegres, pensé, y yo no estaba allí.

Lo comprendí aquella tarde.

Y, tras escuchar sus voces, descubrí, en la pantalla del televisor, sus rostros. Reconocerse. Una parte de mí buscó reconocerse en esa imagen que llegaba del pasado. Era lo que deseaba, lo que esperaba: perderme en la alegría de mis padres, ser feliz con ellos, que, por una vez, la alegría fuera nuestro vínculo.

Sabedlo, en el corazón, el corazón de mi madre y el corazón de mi padre, en aquel tiempo, en aquel país: se había reunido la alegría. Luego, con el paso del tiempo, la alegría se dispersó, se fue. Allí donde desapareció la alegría, ellos desaparecieron con ella.

Durante un buen rato seguí en la cocina. Hania y Mohamed creían que estaba trabajando, formal y concentrada, como esperaban de mí que yo fuera. La verdad es que seguía mirando, maravillada, la película de su boda.

Qué erguidos estaban —ella más que él—, rodeados de sus hermanos y hermanas, primos, primas, tíos y tías. La tribu amada. Ambas familias estaban a punto de formar una sola, muy grande, pronto diseminada por la experiencia de la diáspora —necesidad de dinero, necesidad de trabajo— a través de muchos países de Europa: Francia, Bélgica, España e Italia.

Y, fijaos, sujeto por una diadema de pedrería, ese velo blanco de blonda que caía con elegancia sobre el cabello negro de mi madre, el vestido de novia de muselina, el ramo de rosas rojas que sostenía con ambas manos. Fijaos también en el traje negro de mi padre, la camisa color crema y la pajarita a lunares. Cuánta elegancia. Y, en un segundo plano, bien visibles, los pequeños lujos de entonces: el Mercedes rojo, un 240 D, cubierto de lazos de raso, y, un poco más allá, alineados en la acera, los cestos de mimbre repletos de regalos.

Iluminados por las farolas de las calles vecinas, niños y adolescentes corrían a toda velocidad, acercándose y alejándose de la calesa. Con los brazos extendidos y temblorosos trataban de acariciar los caballos, y los caballos, parece que bien domesticados, se dejaban hacer. Cada vez que sus dedos rozaban el pelaje del caballo, todas aquellas criaturas lanzaban grititos de gusto, reprimidos nada más emitirlos.

Y los invitados, ¿cuántos eran? Seguramente muchos no estaban invitados, pero me imagino que, al adivinar a lo lejos los ecos de una música festiva, se habían sumado a la ceremonia.

Los invitados pasaban y volvían a pasar por delante de la cámara. Creaban una especie de confusión en la imagen. Por momentos, la imagen era borrosa, desenfocada. Hombres y mujeres bailaban en las aceras, a la entrada de las casas, delante de los cierres echados de las tiendas, pero yo no lograba distinguir sus rostros con claridad. Hania y Mohamed se mantenían erguidos, rozándose con el hombro, con esa torpeza de la intimidad cuando aún no ha sido domeñada. Aunque la cámara se extraviaba queriendo inmortalizar cada detalle de esa escena feliz, terminaba siempre volviendo a mis padres. La cámara, en una fracción de segundo, enfocaba y agrandaba. En ese movimiento de acercamiento captaba los ojos negros de Hania. Quien hubiera visto esos ojos, los ojos de esa mujer, diría sin pensárselo dos veces que había visto lo más sincero y profundo de este mundo. Luego, de pronto, el rostro de Hania ocupaba toda la pantalla. Me gustaba esa impresión. La impresión de que el rostro de Hania estaba cerca, muy cerquita del mío, a pesar de la pantalla del televisor, la distancia y los años

En el este de Francia, en S., en casa de mis padres, cuando terminaba la semana, hacíamos cosas fuera de lo habitual. Fregábamos con abundante agua los suelos, las paredes, las puertas y los cristales. Aireábamos los roperos, los armarios, y hacíamos varias coladas seguidas. Y Hania, aún la sigo viendo: sentada en el suelo en medio del salón, con las piernas cruzadas, vaciaba su bolso negro de piel de todos los papelotes que había ido acumulando a lo largo de la semana y que lo habían llenado. Apartaba cuidadosamente los documentos administrativos y las facturas, y tiraba a una bolsita de plástico preparada para ello los tiques de las compras, los sobres vacíos y los cupones de descuento que ya no valían. Cuando se hacía de noche, tras la última oración de Mohamed, mientras que Hania y yo terminábamos de ver el programa de entretenimiento *Frou-Frou,* o un episodio de la serie *Arabesque,* uno de nosotros acababa levantándose, conectando el magnetoscopio e introduciendo el vídeo de la boda.

Todo volvía a empezar entonces.

Hania y Mohamed rememoraban —y yo trataba de rememorar con ellos— lo bien y lo sencillo que era todo antes.

Con cada nuevo pase de la película, se me revelaban nuevos detalles. Veía a los invitados aplaudir muy fuerte, a los niños dormirse en brazos de sus madres, y la mano de Mohamed apretar, subrepticiamente, la de Hania.

Ellos, Hania y Mohamed, miraban las imágenes que desfilaban como uno se miraría, nostálgico, en el espejo del tiempo. Volvían a aquellos años, revivían aquel acontecimiento. Lo bien que estaba todo, decían. Fue una boda muy sencilla, estuvo bien de verdad. A veces manifestaban su asombro en voz alta: ¿somos nosotros? Como si no se reconocieran al verse. Les embargaba una profunda alegría. Que acababa invadiendo todo el piso. La alegría sustituía el aire, la alegría y se respiraba movía los cuerpos de Hania y Mohamed.

Tengo este recuerdo de ellos, de repente se levantan, empujan el sillón y la mesa baja contra la pared y, de un tirón, corren las cortinas. Es él, Mohamed, el primero en ponerse a bailar —si se puede llamar baile a esa manera suya de inclinarse hacia delante, balancear la cabeza y extender los brazos haciendo el avión—. Luego, Hania comienza a contonearse, elegante y grácil, alzando rítmicamente los hombros. Sus movimientos eran sutiles y ágiles. La emoción que emanaba de ellos me hipnotizaba.

Hania y Mohamed se reían bajito, luego muy fuerte y después aún más fuerte. Era maravilloso.

Algunas tardes, entre semana, mis padres se ausentaban. Limpiaban las oficinas de unos grandes edificios y regresaban tarde. El piso se sumergía en el silencio. Entonces, yo dejaba todo, cuadernos y libros, salía de la cocina y me iba al salón. Rebuscaba por la cómoda de madera clara. Y ahí, escondida bajo las sábanas, aparecía la cinta de vídeo —en la que estaba escrito con rotulador negro y letra irregular, la de Mohamend, «Boda 1984 – Casa»[1].

1. Forma popular de referirse a Casablanca (n. t.).

Entre las paredes de la sala de estar, tumbada en el sofá, veía una y otra vez —podría decir que sin descanso— la película de la que conocía cada detalle de cada escena. Y, proyectados sobre las paredes, los reflejos luminosos de los flases. Era como estar en el cine. Hania y Mohamed, reales e irreales.

IGNORO

Ignoro su nombre, el nombre del padre de Hania. Yo lo llamaba simplemente Ba. Desconozco de él muchas cosas: el lugar y el año de nacimiento, la historia de su infancia, todo sobre su vida en Marruecos durante la época colonial y tras la Independencia. En realidad, de lo único que puedo hablar es del comienzo de los años sesenta: el Estado francés, que trataba de poner fin a la primacía de la emigración argelina, tomó la decisión de favorecer la venida de trabajadores marroquíes. Entonces, el padre de Hania emigró. Un habilidoso costurero que, a su llegada a Francia, trabajó en la construcción. No sé con exactitud dónde, por cuenta de quién y en qué condiciones. Luego, recaló en la gran industria del este de Francia. Después, a principios de los setenta, lo encontramos en Belfort. Como la ley de reagrupación familiar lo autorizaba, Ba se trajo de Marruecos a su mujer, su hijo y sus cuatro hijas.

De la etapa en que Ba nos hacía cortas, pero regulares, visitas a S., guardo un recuerdo muy nítido: yo volvía de la escuela y lo descubría en el salón, vestido con un chaleco de lana y un pantalón grueso de pana. Sentado en una silla cerca de la ventana, se inclinaba hacia delante y, sin distinguir apenas el hilo de la aguja, cosía el bajo de un pantalón, o el botón de una camisa. O lo intentaba al menos. Y repetía en voz baja que trabajar de picapedrero le había desgastado los ojos y ajado la piel de las manos. Sí, los ojos se le habían puesto amarillos, y la piel se había engrosado y endurecido. Durante mucho tiempo temimos por su vista más que por cualquier otra cosa. Ba, cansado de no lograr hacer lo que tenía pensado, abandonaba los trastos de costura encima de la cómoda de madera clara del salón y le pedía a Hania que se los guardara en su bolsa. Al día siguiente, al amanecer, Ba regresaba a Belfort.

Ignoro su nombre, el nombre de Ma, la madre de Hania, la mujer de Ba. Su trayectoria es la más desconocida para mí. De ella solo guardo el recuerdo de una mujer mayor, con la frente y el mentón tatuados, sentada en un sillón con reposabrazos de madera, con una manta en los pies en la salita de su pequeña vivienda en un bajo. Cuando íbamos a visitarla, yo le besaba las manos y le hablaba de sus tatuajes —en una lengua árabe que yo todavía dominaba un poco—. Le decía que, más adelante, también yo me tatuaría la frente y el mentón. Y ella se reía. Decía que ya se había pasado la época de eso y que ahora había que ser una niña *bien,* responsable. Pero yo insistía. Ya verás, le decía, serán unos tatuajes como los tuyos, de ese mismo color verde, ese verde claro. Después hablábamos de sus piernas, de cómo las tenía, porque ya no podía mantenerse en pie. Entonces Ma dejaba de sonreír. Todo irá bien, se contentaba con responder.

De la vida de Ma solo sé esas pocas cosas. Bueno, y también esto: en Marruecos, antes de casarse con Ba, estuvo casada con otro hombre, con el que había tenido varios hijos. No sé cuantos eran ni ninguna otra cosa. Solo sé que existieron y que tal vez existan todavía. Hania me habló alguna vez de ellos. Dijo así: mis hermanos y mis hermanas por parte de madre.

Y de la historia de Hania, mi Hania, que llegó a Francia con siete años, tampoco tengo mucha más información más allá de algunos fragmentos. A veces Hania decía a Mohamed que tenía ganas de volver a ver a sus padres, Ma y Ba. Hablaba como de una lancinante necesidad mientras preparaba el café por la mañana, o se peinaba delante del espejo grande del baño antes de irse a trabajar. Así que, al día siguiente, muy temprano, cogíamos el tren a Belfort —más adelante, cuando Mohamed se sacó el carné de conducir, en 1999, íbamos en coche—. Cuando nos acercábamos a la ciudad, Hania, con la cabeza apoyada en la ventanilla, se ponía a hablar. Hablaba para sí misma, palabras *interiorizadas,* que no requerían respuesta ni comentario. Nada. Así que nosotros solo la escuchábamos. Decía: ahí está mi antigua escuela y ahí el mercado. Allí, en esa acera, jugábamos a la pelota mis hermanas y otras niñas del vecindario. Ahí me caí de la bici una vez. Por allá, decía, nos dábamos buenas caminatas, por la tarde, y nos gustaba andar hasta que anochecía. Y, en la esquina de la calle, los chicos, con sus padres, montaban y desmontaban motores de coches y motos. Cuando hacía bueno, añadía, colocaban una mesa y unas sillas y jugaban a las cartas. Y que Hania había dejado de ir a clase a los dieciséis años me lo dijo un día en que estuve a punto de revelarle mi propio deseo de abandonar el colegio. Y también me contó cómo su padre la apoyó y la animó para que hiciera *otra cosa,* pero no sé exactamente el qué.

Después, un verano, Hania fue *vista*. Aún la escucho decir eso, pues sí, Mohamed me vio. Sentado detrás del mostrador de su tienda, vendiendo retales, alhajas y complementos para el pelo —corría el año 1983, en Casablanca—, me vio, a mí, a Hania.

Hania, a su manera, establecía esa relación entre ser vista y ser amada. Y yo, de pequeña, creí en esa relación. Creí que ver era amar.

Sé su nombre, el nombre del padre de Mohamed, que era Mohamed. Y, como al padre de Hania, yo lo llamaba Ba. Así que Ba. Ba, que pertenecía al grupo de los Beni Meskin, en el sur de la región de Casablanca, en las inmediaciones de El Borouj —un paisaje brutal, castigado. Tierras de pastoreo hasta donde alcanza la vista. La familia de Ba poseía un capitalito: ganado de calidad y parcelas de tierra cultivables. Pero la instauración en Marruecos del Protectorado francés, que favorecía la implantación de políticas de expropiación de tierras, llegó a debilitar hasta tal punto a la familia que la dejó exangüe en apenas unos años. La familia perdió las tierras, las casas en ellas construidas y todo el ganado. Es en ese momento, a principios de la década de 1940, cuando se pierde el rastro de Ba. No lo vuelvo a encontrar hasta mucho después, a comienzos de los años sesenta en Casablanca: Fátima, su mujer, había muerto, y su hijo mayor, Mohamed, mi padre, solo tenía seis o siete años. Como tantos hombres, Ba volvió a casarse y emigró acompañado de su familia —tres hijos, la benjamina y su nueva esposa—. A Ba, los ahorros le permitieron, no obstante, seguir viviendo en su país, con breves estancias en Francia, Italia y España.

De Mohamed, esto es lo que sé de él: dejó de estudiar pronto, luego hizo las gestiones para entrar en el ejército. Lo abandonó todo cuando su padre le pidió que se hiciera cargo de la gerencia de la tienda familiar. Gracias a ello, Mohamed, hijo de Mohamed, pudo ahorrar algo de dinero e irse un día a trabajar a Francia, como antes habían hecho sus primos. Y ahí lo tenemos con diecisiete años en París, de vendedor ambulante. Y, un día del mes de agosto de 1983, cuando Mohamed estaba de regreso en Marruecos —un mes entero en la tienda de su padre vendiendo vestidos, maquillajes, sandalias, alhajas y perfumes— la *vio*. La gente iba y venía por las callejas, dijo. Era difícil no perderse. Pero yo vi a Hania, insistió, estableciendo él también el vínculo entre ver y amar.

A menudo permanecía tumbada, durante un buen rato, en la cama, encima de la colcha, acurrucada o estirada, bocarriba o bocabajo.

Aquella cama ocupaba la mitad del espacio de mi habitación de niña, con un papel pintado blanco salpicado de flores azules. En la pared, un cartel gigantesco de Pocahontas, de pie sobre una roca frente al mar, con la melena al viento y escasa de ropa. Mohamed me lo había regalado un día tras comprárselo a una chiquilla que lo vendía con otras cosas suyas en el puesto de un chamarilero y que, me dijo, se te parecía, con su pelo abundante y rizado. Y, haciendo esquina, un armario grande de madera barnizada lindando con la ventana que daba a una zona de juegos y, a lo lejos, más allá de una carreterita y unos cuantos bloques altos de pisos, a una panorámica de Elsau.

Hasta mediados del siglo pasado, esto era todo campo.

Los campesinos, rodeados de vastas extensiones de agua —el Ill y el canal del Ródano-Rin—, cultivaban una tierra fértil, atravesada por una red de talleres y senderos. En las inmediaciones, numerosas vías férreas abrían hacia el exterior el espacio habitado. Poco a poco, de la industrialización y de su ingente necesidad de agua, nació el suburbio de Elsau. Allí se instalaron fábricas de gelatina, pegamento e inmensas tintorerías. También una curtiduría, en la que centenares de obreros y obreras trabajaban, se consumían y perdían la vida, al tiempo que el insoportable olor de las pieles en maceración, fermentación y secado se extendía hasta las vivendas.

Tras la Segunda Guerra Mundial, los proyectos de urbanización se habían sucedido sin descanso. Viviendas, se necesitaban viviendas.

Y algo que descubrí un día en los archivos de la ciudad de S.: la fecha de nacimiento de Hania correspondía casi con la fecha de presentación oficial del proyecto de urbanización de Elsau. Fui corriendo a darle la noticia. Caramba, madre, le dije a Hania, sabías que el día que naciste, el 25 de febrero de 1964, unos hombres se reunieron y decidieron construir carreteras, bloques de pisos, escuelas, una iglesia y también, no te lo pierdas, aparcamientos, la plaza Nicolas-Poussin y el centro comercial. El sitio donde vivimos, añadí, nació el mismo día que tú. Recuerdo que Hania me miró, un tanto asombrada, tal vez dudara, y me respondió: ¿de veras? Así que lo hicieron para mí este barrio, estaba escrito.

Entre la calle del Unterelsau y el antiguo dique alto, se extendía una superficie de 42 hectáreas —lo que representaba un total de 1438 viviendas, de las que hoy una parte ha sido derruida. Al sur, en las proximidades de las orillas que bañaba el Ill, una pequeña zona de viviendas unifamiliares, y, al norte, los *grandes bloques*. Un paseo peatonal, pavimentado y arbolado, el paseo Jean-Baptiste Pigalle, trazaba la frontera. Nosotros vivíamos en el número 31.

Hania solía asomarse a la ventana de la cocina, y Mohamed, a la del salón. Ambos dominaban el espacio, su mirada se topaba sin parar con el otro lado del paseo y aquel conjunto ordenado de casas unifamiliares, jardincillos y aparcamientos privados. Hania y Mohamed repetían a menudo que les hubiera gustado mudarse a vivir con *la gente de allí*.

Con los años, aquello se convirtió en un tema de conversación, como el buen tiempo y la lluvia. Y, más si cabe, en motivo de bromas entre vecinos. Lo recuerdo bien. Estaba en la cola del ultramarinos, esperaba el autobús, recorría de la mano de Hania el mercado de frutas y verduras el domingo por la mañana, y, de repente, estallaba una acalorada discusión entre fulano y mengano, y por boca de uno o de otro, se escapaba un ataque mordaz: ¿pero tú por quién te tomas?, ¿te crees que *vienes* de los chalés? Luego cada cual se iba a su casa.

Elsau tenía dos escuelas infantiles y primarias: Marie Curie al sur y Paul Éluard al norte; pero un único colegio, el Victor Hugo, en el norte.

Desde mi más tierna infancia mis padres se empecinaron en colocarme. Y digo *colocar.* Es la imagen que, instintivamente, me viene a la cabeza —excesiva o no, no sabría decir: la imagen de colocar una criatura en una institución. Mis padres procuraban colocarme en la escuela como en el seno de una familia que se ocuparía de mí y me procuraría un futuro. Esta cuestión los obsesionaba día y noche. Recuerdo muchas conversaciones nocturnas entre mis padres, preguntas que planteaba Hania a los vecinos, llamadas telefónicas que no paraba de hacer, citas que concertaba, folletos que acumulaba. Como verdaderos estrategas de mi existencia, Hania y Mohamed desplegaron un imaginario de la resistencia —una *infra*-resistencia— hecho de planes, artimañas, astucias, para que yo estuviera ahí donde a ellos les parecía que debía estar. A fuerza de insistir, en 1993, nos concedieron la exención escolar. Aunque vivíamos en el norte, autorizaron a mis padres a que me matricularan en la escuela primaria del sur.

Así que varias veces al día, yo, como una buena colegiala, recorría el arbolado paseo de norte a sur y en sentido inverso después. Por la mañana con Mohamed, y por la tarde con Hania, siempre que su trabajo se lo permitiera; después, con el tiempo, sola.

Y nuestra vida cambió.

Nosotros, que casi no salíamos, de tan caseros que éramos, hete aquí que a partir de entonces salíamos de paseo todos los domingos por la mañana. A orillas del Ill, paseábamos por el camino que lindaba con las casitas.

Durante aquellos paseos, Mohamed daba los buenos días a todas las personas con las que nos cruzábamos. Si entablaba conversación con alguna de ellas, siempre terminaba aclarándole: sabe usted, mi hija está matriculada en la escuela Marie Curie —y me ponía la mano encima de la cabeza golpeteando ligeramente. Añadiendo algún que otro argumento más, encadenando frases sin casi permitir a su interlocutor decir ni media palabra —mi hija, por ella, por mi hija, no paramos de trabajar— y eso parecía tranquilizar a Mohamed. Con esas palabras, ese torrente de palabras, trataba de justificar nuestra presencia en aquel territorio del sur, pero sobre todo en ese país, en esa Francia, obsesionado como estaba —bastante más que Hania lo estuvo nunca— por la sensación de que nosotros realmente no estábamos en nuestro sitio, que para nosotros nada estaba *conseguido* aún, que, en el fondo, carecíamos de esa legitimidad que proporcionaba a cualquiera el sentimiento de estar en su casa. Y, por encima de todo, privados de la garantía última —el privilegio burgués, el privilegio blanco— de que nunca seríamos *expulsados*.

Así, mal que bien, lograba *encarnar,* con mayor seguridad, el papel de padre, marido y cabeza de familia.

Concluida la conversación, Mohamed, con el rostro tranquilizado, lanzaba un amistoso hasta luego, de una sinceridad conmovedora, y luego se despedía de la persona con un gesto de la mano. Mohamed proseguía el paseo, pero, ahora, solo. Caminaba unos metros delante de nosotras, con la cabeza alta, el cuello de la chaqueta alzado y las manos a la espalda. Avanzaba con paso satisfecho. Hania y yo lo seguíamos a distancia. Representábamos para él, y también para nosotras, los papeles de hija formal y esposa dulce y respetuosa. Solo queríamos su felicidad.

Después regresábamos a casa.

A la entrada del bloque de pisos con las paredes cubiertas del grafiti *El Zoo,* mientras sacábamos el correo del cajetín o esperábamos el ascensor, podíamos cruzarnos con algunos vecinos. Estos se apresuraban a decirnos que nos habían visto por la ventana paseando por el Ill, cerca de los chalés, y charlando con un *propietario*. En ese momento que parecía insinuarse una observación intrusiva, Hania, siempre ella y solo ella, se adelantaba valiente y decidida, y respondía para cerrarle el pico: ¿quién es usted? ¿La policía? Después, sin esperar, se alejaba con paso rápido. Apresuradamente, Mohamed y yo la seguíamos.

SU ODIO

La etapa de la escuela primaria iba tocando a su fin.

Hania, entonces, empezó a preguntarse hacia donde *desplazarme*. En una ocasión dije: ¿y el colegio de aquí al lado? ¿El que van todos los demás niños, el Victor Hugo? Hania me respondió que era demasiado peligroso. Unos gamberros, añadió, no hay más que ver cómo se comportan por el camino cuando vuelven del colegio, dando gritos y echándose encima unos de otros. Y lo que les hacen a las chicas esos chicos, las molestan y las influencian. Y las chicas, luego, se acabó, dejan de ser chicas *bien*. El chico árabe que podía hacer daño a su hija árabe obsesionaba a mi madre. Pues Hania —rehén de sus miedos de madre y preocupada también por mi calidad, mi *honor,* mi respetabilidad— llegaba a creerse lo que durante todo el día escuchaba en la radio, y sobre todo en la televisión, relacionado con esos muchachos de los que se decía que saqueaban y destruían todo a su paso —a los que más tarde señalarán como aficionados a las «violaciones en grupo»—. Hania se sumía entonces, de golpe, en sus pensamientos. Le daba vueltas a lo que, imaginaba yo, los maestros, el médico, el jefe, el empleado del banco y la asistente social la habían aconsejado que hiciera. No escolarice aquí a su hija, señora, vaya a otra parte, aléjela de aquí. Yo esperaba un poco y volvía a abordarla. Ponía mi mano sobre la suya. Se daba la vuelta y dirigía sus grandes ojos negros hacia mí; Hania, asustada y sonriente al mismo tiempo. Me hubiera gustado hablarle, decirle que yo iba con esos chicos, que jugaba con ellos, que los quería mucho. Decirle también que lo que le aconsejaba esa gente —alejarme de mi mundo y de los míos— ponía en evidencia, en realidad, el odio. Su odio. Su odio a los chicos árabes, a los árabes sin más, y que era de esa gente de la que debíamos desconfiar. Sé que Hania, en el fondo, lo sabía. En realidad, nunca se había dejado engañar por esa gente que al hablar de los nuestros —no deje que su hija se relacione con esos jóvenes— delataba, sin querer y sin siquiera darse cuenta, lo que pensaban de nosotros. Pero ya os lo he dicho: Hania tenía miedo. Lo notaba en sus ojos, que se iluminaban y apagaban en una misma mirada. Tal era su experiencia de madre árabe en este país. La experiencia del miedo que se agravaba al aproximarse los momentos en los que había que tomar una decisión sobre mi futuro.

De niña estuve expuesta al miedo de mi madre y tuve miedo a mi vez. Tal vez sea por eso que nunca me atreví a decirle nada a Hania. Por miedo a aumentar el miedo.

Así es: hubo ese pacto, en el que se basó nuestra historia, de ser una familia a la que no debía sucederle nada. Y esa idea matriz —idea de la que fui el blanco privilegiado por ser chica— de que si algo grave sucedía yo sería la causante. Sería culpa mía.

Y nunca supe en mi infancia qué es lo que Hania y Mohamed temían tanto que nos pasara, pero a mí me daba mucho miedo.

Hania, algunas mañanas, se despertaba, se vestía con su mejor ropa y se iba en busca de información. Preguntaba a otras madres, a las secretarias, las cajeras, las dependientas. Con frecuencia, esperaba delante de puertas cerradas, en pasillos vacíos, al pie de hermosos e imponentes edificios del centro de S. Yo siempre estaba allí, a su lado. De pronto, aparecía un responsable. El tono de voz de Hania cambiaba. Y la sonrisa. La sonrisa se hacía inmensa. Con cada palabra dicha sonriendo, Hania arrancaba un consejo, un nombre, una dirección o un número de teléfono.

Luego, en el camino de vuelta, Hania iba hablando en voz alta. Hablaba sin poder parar, comentando en voz alta lo que acababa de pasar. Caminaba a toda velocidad. Yo iba detrás corriendo. Tenía miedo de perderla al doblar una esquina, al atravesar una avenida o en medio de la gente en las calles peatonales. Me concentraba, fijaba la vista en sus zapatos y aceleraba el paso. ¡Espérame! Bastaba con que pronunciara esas palabras para que Hania se diera la vuelta y se parara en seco. Pero date prisa, suspiraba.

Y nunca he sentido un amor tan grande por ella como en esos momentos en que, erguida y firme, yo me la imaginaba también muy frágil, imbuida del placer que procura el sentimiento del esfuerzo cumplido, pero sometida, también, al temor de que las informaciones obtenidas en relación a mi escolarización no fueran suficientes. O, peor todavía, fueran falsas.

¿Y cuál era el origen de la fragilidad de mi madre si no la mía, por encima de cualquier otra? Y nunca supe quererla, a esta madre, sin esconder en lo más hondo de esta pasión devorante una petición de perdón. Una inclinación nacida de lo que observaba todos los días: esa lucha para que yo estuviera segura y tranquila en este mundo, para tener un sitio en algún lugar. Una lucha emprendida en mi nombre —lo hago por ti— sin quejas ni pesar. Una lucha anónima agazapada en la sombra de las vidas de unos padres poscoloniales, una lucha en la que yo era al mismo tiempo el objeto, el sujeto y el testigo.

ESOS OJOS TAN AZULES

Por fin, un día de 1998, me matricularon en un colegio privado, católico, situado a unas calles de la catedral de S. Así que dejé de recorrer la larga alameda de Elsau de norte a sur y viceversa. La frontera que tenía que atravesar a partir de ahora era de muy diferente naturaleza.

A unas decenas de metros de nuestro bloque de pisos, había una parada por la que, cada treinta minutos, pasaba un autobús gris y verde, el 38, en el que trabajadoras y trabajadores se agolpaban en tal cantidad que las puertas no se cerraban, o solo se cerraban a medias. Una mañana me tocó a mí montar en ese bus. Ya no se trataba de ir y venir de un extremo a otro de un espacio, sino de descubrir la existencia de otros espacios. Unos espacios en los que Hania y Mohamed no estaban. Donde yo, sin embargo, me disponía a estar.

Y, a la luz de unos recuerdos nunca olvidados, me veo con diez años, con la cartera a la espalda, subiendo por primera vez en mi vida en ese bus, el 38, dirigiéndome, sola, a un colegio desconocido. A partir de ahí cambiaron muchas cosas, dieron un vuelco, se modificaron por la distancia geográfica que desde entonces nos separaba a Hania, a Mohamed y a mí, hasta el punto de diseñar una forma de vida nueva: hablo de la ausencia de mis padres, que, hasta ese momento, era solo intermitente —unas horas por la mañana, unas horas por la tarde—, pero que ahora duraba todo el día y hasta el anochecer.

En la parte delantera del autobús, unas sentadas y otras de pie, formando un pequeño círculo, estaban cuatro o cinco chicas de cabellos claros y ojos azules. Lucían esos rostros sublimes de las artistas de series televisivas que me gustaba ver por la tarde, mientras Hania y Mohamed charlaban en la cocina —*Primeros besos, El colegio de los corazones rotos* o *Clase de modelos*—. Y de los cuerpos de aquellas chicas mayores que yo emanaba una impresión de pureza. La piel blanca, suave, la tez lisa, empolvada, con un toque de maquillaje, intensificaba esa impresión de perfección. Los labios rosas brillaban; llevaban el cabello suelto, recogido o echado hacia delante. Y qué elegantes iban vestidas.

Tanta *belleza* me fascinó. Me conmovió, en el sentido de impresionarme, de encantarme. En el sentido de traspasarme también.

Durante el trayecto, permanecí cerca de aquellas chicas, mirándolas de reojo. Todo lo que percibo de ellas, lo percibo mejor que ellas, que ignoraban lo que eran, que ignoraban lo que producían en mí con ser sencillamente ellas. Contemplar la belleza de aquellos cuerpos en mi primer día de clase hizo nacer en mí el sentimiento de que nunca sería bella como aquellas chicas podían y sabían serlo, y lo eran, que ellas tendrían y serían siempre lo mejor de este mundo. El modelo.

Me sentí atenazada por la vergüenza y la sensación, repentina, de estar completamente desnuda, como imaginaba que lo habría estado Pocahontas al enfrentarse al Nuevo Mundo. Durante todo el trayecto hice ese gesto mecánico de estirar las mangas, el bajo de la chaqueta, de juntar las rodillas, de contraer el cuerpo, de bajar la cabeza, de querer esconderme y volver a mi casa.

Y, en el autobús, éramos dos las niñas que, en ese preciso momento, afrontaban la violencia de aquellos ojos azules y buscaban, en vano, escapar de ella.

Aquella niña desconcertada, expuesta como yo a la vergüenza, lanzó una última mirada cargada de envidia a aquellas chicas de trece o catorce años y, luego, se dio la vuelta y avanzó hacia el fondo del bus. Sin pensármelo, la seguí y llegué junto a esos padres y esas madres —la mayoría de ellos, padres y madres de mis antiguos compañeros de clase—, y ahí, al calor de su presencia tranquilizadora, respiré.

Parada tras parada, y mientras que el autobús acogía a cada vez más gente, aquella niña y yo permanecimos de pie, mirando fijamente hacia adelante, un poco inclinadas bajo el peso de la cartera, tratando de dejarla en el suelo, pero, finalmente, manteniéndola en la espalda. Con cada sacudida, frenazo, curva tomada demasiado tarde, notaba mi hombro rozando el de Jadiya. Otras veces, era el brazo de Jadiya el que chocaba con el mío. Nunca dejó de excusarse Jadiya en voz baja, y yo de emitir una tímida disculpa.

De pronto, en la calma de un autobús en el que nosotras éramos las últimas pasajeras, resonó el ruido regular de taconcitos golpeando el suelo. Levanté la vista y vi a las chicas, aquellas cuatro o cinco chicas, rutilantes de belleza y altivas, avanzando en grupo hacia Jadiya, hacia mí. Al llegar a nuestra altura, se pararon en el estrecho pasillo que separaba las filas de asientos, agarrándose a la barra lateral o buscando apoyo en el asiento plegable más cercano, con la cara a pocos centímetros de las nuestras. Cuando una de ellas, la jefa del grupo, la más alta, la de los ojos más claros, lo recuerdo bien, casi transparentes, se acercó bruscamente a nosotras y nos preguntó si era nuestro pelo el que olía *así*.

Como qué, pregunté.

Como el aceite, respondió ella. Añadiendo: habría que cortar esos pelos. Poco a poco, todas las otras chicas se pusieron a repetir esas palabras: cortar, hay que cortarlo todo. Luego, todas a la vez, se inclinaron sobre nosotras y empezaron a tocarnos el pelo, a jugar con él, a enrollarse algunos rizos en los dedos, a examinar la textura de los mechones y hasta olisquearlos.

Recuerdo las caras de aquellas chicas. Unas caras gesticulantes, con los rasgos alterados, feas como nunca hubiera creído que aquellas caras, de repente, pudieran afearse solo por el asco que Jadiya y yo, por nuestra apariencia, inspirábamos. Y como muñecas estrujadas por unas manos ineptas, no supimos qué decir, qué hacer. Y no dijimos nada, no hicimos nada.

Al cabo de un rato, las chicas, por fin, se alejaron y se bajaron del autobús.

Un pesado silencio se hizo a nuestro alrededor. Un gran vacío —ya no había ningún padre—. Y también un profundo desconcierto, nacido de esa oscura experiencia, esencial, absoluta, que acabábamos de vivir bajo la mirada, por la mirada, de aquellas cuatro o cinco chiquitas blancas. Una experiencia equívoca en la que Jadiya y yo habíamos estado más que juntas, unidas por nuestra semejanza. Y el fruto de aquella experiencia infantil y primordial de la raza, diría, fue una forma de parentesco por la *apariencia*. Una forma precoz y determinante.

Y esa comunidad que entre las dos formamos, una comunidad de la experiencia, terminó creando, en el espacio cerrado de aquel autobús en el tiempo de un trayecto, un vínculo de una poderosa fuerza.

Recuerdo que Jadiya no dejaba de maldecir, hecha una furia: mi padre es un hombre importante, se lo voy a contar todo, irá a ver a los padres de esas chicas, y las castigarán. Que a su padre le gustaba mucho su pelo de rizos tupidos, bien negro, no paraba de repetir Jadiya, mordiéndose convulsivamente las uñas, con la sien pegada a la ventanilla. A él le gusta mucho mi pelo, añadió. Todas las mañanas me lo peina y me dice bajito al oído que es el más bonito del mundo.

El dolor y la rabia sorda confusamente mezclados era lo que había conmocionado a aquella niña.

De ellos nacieron unas lágrimas apenas vertidas y ya enjugadas. Y palabras. Insultos, muchos, dichos en voz baja, que atenuaron —aunque fuera solo un poco y por un instante— la sensación de haber sido atravesada por una flecha en pleno corazón.

Una flecha disparada sin saber cómo, ni siquiera por quién ni cuándo, una flecha disparada sin saber por qué.

Porque nos alcanzó la misma flecha, Jadiya y yo, de alguna manera, llegamos aquel día, en aquella mañana fresca y luminosa de septiembre, a compartir, sin quererlo e incluso sin saberlo, el mismo corazón. Fue así como nos hicimos amigas.

Los siguientes días, esperaba a mi amiga delante del portalón del colegio. A ella, que se negó a partir de entonces a coger el bus, la llevaba su padre en coche todas las mañanas. Aún la veo atravesando ligera el paso de cebra, los brazos rígidos, la cabeza gacha y la espalda encorvada bajo el peso de la cartera. Nada era de la talla de Jadiya, ni el gorro, que se le deslizaba por la frente, ni la chaqueta con hombreras. Y no digamos los pantalones, unos pantalones de pana gruesa que le hacían el talle alto y delgado y las piernas muy largas. Los cinturones que sujetaban los pantalones bien arriba eran de lo más originales: con lentejuelas, perlas, motivos atigrados, rayados y floridos. Y los zapatos —Jadiya nunca llevaba deportivas— de punta redonda y piel fina, de un marrón claro. Y los cordones siempre impecablemente anudados en una lazada perfecta.

Caminaba hacia mí tan rápido, Jadiya. Cuando caminaba, parecía que iba a echarse a correr de un momento a otro. Alguna vez se echó a correr de verdad. Yo abría los brazos para recibirla, y allí estaba ella, que, sin miedo, con la sonrisa en los labios, se abalanzaba con todo su peso sobre mí.

En aquellos años del colegio, las chicas y los chicos se saludaban con un beso fingido, formal. Jadiya y yo, por el contrario, nos estrechábamos la una contra la otra. Nos tocábamos. Nuestros abrazos duraban un buen rato, hasta que Jadiya se empezaba a mover, sacando del bolsillo interior de la chaqueta un paquetito envuelto en papel de aluminio. Abría entonces el paquetito, cogía con los dedos un pedazo de pastel de miel o almendras y me lo ofrecía con insistencia. ¡Come, me decía, que estás muy flaca!

En cuanto sonaba la campana, los alumnos abandonaban el patio central y se dispersaban por los pasillos. Las puertas de las clases se cerraban una tras otra. Mi amiga y yo nos quedábamos en los aseos, escondidas detrás de la gran puerta de madera, esperando a que no hubiera nadie para salir. Y, cuando ya no se oía ni un ruido, dejábamos nuestro escondite y nos abalanzábamos, sedientas, sobre los grandes lavabos de porcelana blanca. Bebíamos agua en el grifo, rodeando con los labios la boquilla de metal; bebíamos agua hasta quedarnos sin aliento. Y, de repente, ahí nos tienes bien derechas, embriagadas de tanto beber, secándonos la boca en la manga del abrigo. Todavía jadeantes, nos parábamos, Jadiya y yo, frente al espejo oval colgado en la pared, bajo el pequeño crucifijo de madera oscura, y rezábamos para que se produjera ese milagro loco de convertirnos pronto en mujeres.

A menudo, en la intimidad de esos aseos escolares, bajo la mirada del pequeño cristo, con cuidado, nos desabrochábamos el pantalón y, sujetándolo con una mano para que no se cayera, cogíamos con la otra mano el ribete de la braga y tirábamos hacia abajo, examinando con la mirada el trozo de tela en busca del menor rastro de sangre. A veces, ante la duda, pedía a Jadiya que lo comprobara por mí, luego, yo comprobaba por ella. Completamente blanco, nos lamentábamos. No nos ha venido todavía. Hay que esperar.

Completamente blanco.

Aquellas palabras resonaban en nosotras como el eco de una maldición que Jadiya y yo, todas las mañanas, soñábamos con romper. Que unas gotitas, por piedad, fluyan ya y formen entre nuestros muslos cerrados una mancha bien roja, una mancha rojo sangre. Una mancha espesa, grande como una aureola. Una maravilla de ver, tocar y oler, que habría anunciado la cercanía del comienzo. Salir de una misma, crecer, guiadas por ese desecho del cuerpo, la rosa oxidada a la altura del coño que anuncia, no tanto una nueva vida, como por fin una vida de mujer *para nosotras.*

No puedo olvidar esa obsesión que, siendo niña, se adueñó de mí por dejar de serlo pronto. Y era así, no había nada que hacer: existió en mi mente, bajo la forma de una herencia imaginaria de la que solo sabía heredar esa ligazón radical entre sangre y mujer. Más que una ligazón, debería decir una condición. Convertirse en mujer era sangrar, eso pensaba entonces. Y, a la más mínima sensación de calor, flujo, supuración, me embargaba una turbación entusiasmada. Y ahí me tenéis entonces buscando entre las páginas de los cuadernos, en el fondo del estuche o en el bolsillo interior de la cartera, una tira de algodón, ese cáliz secreto en el que esperaba recoger la prueba de la travesía, esa prueba de paso que habría hecho de mí un ser más fuerte y respetado. Una adulta.

¿Me dejarás ver tu tira, no?, me preguntó Jadiya un día. Sí, le respondí yo, y tú lo mismo.

Aquella promesa de mostrar a la otra nuestra forma de metamorfosis íntima, desde su rastro hasta su materia, hasta su olor, nos unió a Jadiya y a mí de una manera inmensa, absoluta, aunque ya compartíamos el mismo corazón atravesado por la saeta de la raza, en adelante aspirábamos a vivir juntas la experiencia del cuerpo femenino.

Hermanas de padre y madre diferentes, sin tener la misma sangre de nacimiento, sin embargo, vivimos juntas, de la mano, la espera del flujo de otra sangre, la sangre de los ciclos, la de la edad fecunda, la más importante de todas.

Y ese acontecimiento, que no tardaría en llegar, Jadiya y yo lo invocábamos con todas nuestras fuerzas. Lo amábamos ya. Nos preparábamos lo mejor posible para acogerlo, acopiando comprimidos y calmantes hurtados de los botiquines. Nos encantaba lo que ese día auguraba, lo que iba a hacer de nosotras y, también, de lo que ese día nos iba a librar, de todos los restos de inocencia, de inconsciencia, de piel infantil que recubría una más hermosa, una piel de mujer, fresca y pura.

Todo lo que sabíamos de ese torrente bendito que resonaba y se disponía a arrastrarnos lo habíamos sacado de los manuales de ciencias. Capítulos enteros, lo recuerdo, ilustrados con dibujos y esquemas, describían con detalle el *interior* del cuerpo de las mujeres. Nuestros escasos conocimientos los sacábamos también de las revistas de salud del mostrador de la entrada de la enfermería, a las que solíamos arrancar de rondón algunas páginas. Un saber aproximativo que provenía también de los rumores que las otras chicas propagaban sobre sus menstruaciones y sobre cómo sus cuerpos se habían transformado después. La sangre les había regalado todo: los pechos y las nalgas. Y esa sangre, que no era la sangre de los cortes ni de las heridas, que era una sangre rojinegra, espesa, densa, líquida y sólida a la par, esa sangre de flujo lento y viscoso había llevado a esas chicas a adoptar nuevos gestos: comprar y ponerse sujetadores, depilarse, usar cremas, desodorantes y compresas.

Jadiya y yo soñábamos con todo eso.

En aquellos momentos de intensa excitación, dentro del cascarón protector que eran para nosotras los aseos del colegio, Jadiya se soltaba entonces el pelo. Sacaba del bolsillo de la chaqueta un cepillo redondeado con púas anchas y se ponía a peinarse. Con la cabeza gacha, sacudía el pelo cada vez más rápido. Luego le entraban ganas de mojárselo: mira, me decía, lo liso que está ahora. Y me salpicaba, y saltaba y bailaba. Y yo bailaba con mi amiga.

Jadiya tarareaba bajito una canción —siempre la misma—, *Amarain,* del cantante egipcio Amr Diab. Tenía una voz grave para su edad, profunda, sin el menor temblor ni imperfección. De su boca las palabras nacían dotadas de una magia que amplificaba esa lengua árabe que yo no comprendía del todo, pero de la que reconocía, *instintivamente,* cada sonoridad, de las guturales a las enfáticas, de las delicadas a las roncas.

Luego, recobrábamos el aliento. Nos volvíamos a peinar, la una a la otra, y nos íbamos de los aseos con paso rápido. Mientras subíamos la escalera central de cuatro en cuatro, Jadiya, era superior a ella, iba mascullando palabras apenas audibles. Decía: aquí todos son crueles, los bedeles, los profesores y los alumnos. Añadía que eran malos porque *veían* claramente que ella venía de otra escuela que estaba en otro país. Y a nadie le gustaba esa clase de niñas *no idénticas.*

Yo no decía nada, escuchaba a Jadiya. La miraba fijamente. Clavaba la mirada en su frente abombada, sus ojos negros, sus cejas espesas y esos labios carnosos color de cereza. Me fascinaba cómo era, me hubiera gustado ser también así, solo lo conseguía cuando estaba con ella. Lo que me hacía Jadiya, en aquel momento, yo tenía once o doce años, era iniciarme en aquello contra lo que Hania y Mohamed, por su bien más que por el mío, no dejaban de advertirme: hablar, responder, luchar. *Algo* como un miedo de existir atravesaba su existencia y acechaba la mía, amenazaba con impregnarla hasta el punto de no diferenciar la vida de la cortesía, la amabilidad de la obediencia ciega y la autoafirmación de la discreción. Y no puedo dejar de acordarme de mi amiga, que protestaba sin parar —en este país no hay que cerrar la boca, decía, o si no no hay nada que hacer—, valiente y testaruda como era, sin recular ante ningún compañero de clase ni ningún adulto, dispuesta siempre a arrojar sus cosas a un lado y meterse en una pelea, sin importarle las consecuencias —reprimendas, castigos y expulsiones temporales.

Era una imagen de cada instante que Jadiya ofrecía a quien fuera capaz de percibir, a través de las turbulencias de su ser, la gracia que ocultaba. Y yo devoraba con los ojos a mi amiga, mi hermana, con un único fin: acercarme a esa gracia, tocarla, y ser tocada por ella.

YO RESPONDÍ SINCERAMENTE

En clase, los profesores nos mandaban, a Jadiya y a mí, que nos calláramos y dejáramos de perturbar la clase. Aquellas amonestaciones solo conseguían acallar a los otros alumnos. Nosotras seguíamos riéndonos descaradamente. Y, cuando nos daba la risa, era una risa loca, incontrolable.

Un día, un profesor, molesto por mis risitas ahogadas, se acercó y me confiscó el estuche y, al registrarlo, descubrió, entre los bolis, el compás, las tijeras, el tubo de pegamento y el sacapuntas, una *cosita* gruesa, de forma cuadrada, envuelta en una tira de tela blanca precintada con un hilo fino rojo. Le pedí que no la tocara, que no la abriera. Pero era demasiado tarde. Jadiya, a su vez, le pidió que me la devolviera. El profesor estaba convencido de que aquel objeto encerraba palabras que tenían que ver con él, como esos mensajes escritos de prisa y corriendo, insultantes y burlones, que los alumnos se pasaban de mano en mano. Le juré que no era nada de eso, que era algo que Hania, mi madre, me había confiado un día, pidiéndome que lo cuidara. El profesor no quiso hacerme caso. Me devolvió el estuche y, con el objeto en la palma de la mano, volvió a sentarse a su mesa. Durante un rato, sujeto entre el pulgar y el índice, lo observó, lo olió, lo puso al trasluz a fin de descubrir, por efecto de la transparencia, su misterioso contenido. Pero nada. Así que lo puso encima de la mesa; luego, con mucho cuidado, con la punta de los dedos, cogió los dos extremos del hilo rojo y, lentamente, tiró de él.

Me quedé sin respiración porque yo no sabía lo que ese paquetito *encerraba*. Era un regalo de Hania. Así que, para mí, era la cosa más preciada del mundo y nunca sentí la necesidad de saber más. Que ese objeto era portador del amor de Hania, eso era lo que me gustaba imaginar y bastaba para satisfacerme.

Los alumnos me miraban fijamente, luego miraban al profesor, del que yo no podía apartar la vista. Una vez el hilo rojo retirado, el profesor sacó el objeto secreto del trocito de tela blanca que lo envolvía. Desde lejos, no conseguí descubrir de qué se trataba. Entonces, el profesor levantó la cabeza, me miró fijamente y me preguntó si era bruja. Y los alumnos se echaron a reír, mientras Jadiya se revolvía en su asiento.

Respondí sinceramente: no

El profesor entonces me pidió que me acercara a su mesa para que le aclarara qué era ese objeto y para qué servía. Me levanté, di unos cuantos pasos y, de pronto, mis ojos se toparon con el objeto.

Pensé en mi Hania que aquel día de septiembre, despuntando el alba, me preparó el desayuno —un huevo duro, una tostada con mermelada y un chocolate caliente—. Cuando acabé de comérmelo todo, quiso saber cómo me sentía al pensar que iba a ir, por primera vez, al colegio. Le respondí que estaba impaciente y también que tenía mucho miedo. Hania movió la cabeza, salió de la cocina y, unos minutos después, regresó. Me abrió la cartera y sacó el estuche, y la vi meter dentro una cosa pequeña blanca que, me dijo, me protegería.

Cuando descubrí, colocado en medio de la mesa del profesor, ese corán en miniatura, de tapa verde y dorada, sonreí, y se me llenaron los ojos de lágrimas.

Mi madre, humilde conquistadora lanzada a la persecución de mis miedos, expulsándolos, capturándolos, buscaba, por mediación de aquel objeto, ponerme en manos de una potencia superior a ella y a todo, su dios, Alá, el único capaz de salvarme, pensaba ella, de potencias también superiores, superiores a ella y a mí, las potencias organizadoras de ese nuevo mundo escolar que en adelante sería el mío.

Cuando terminé de explicar al profesor lo que era ese objeto, un objeto sagrado, dijo unas palabras cargadas de desprecio. Luego, cogió el librito, el hilo rojo y el pedazo de tela blanca que lo envolvía, abrió de un tirón el cajón de la mesa y los *arrojó* en una caja de plástico donde tenía clips, tizas de colores y alfileres.

Se me partió el corazón.

Había sido necia e insolente, y ahora pagaba el precio. Me quedé sin la protección de mi dulce protectora y de su mágico protector. A partir de entonces estaba sin ella y sin él en un mundo hostil.

No sabría referir con exactitud los efectos que esa experiencia tuvo sobre mi vínculo con la escuela y, más aún, sobre mi relación conmigo misma, pues fueron muchos, entrelazados entre sí, unas veces equívocos, otras, explícitos. Tanto como decir que esos efectos en toda su extensión terminaron dibujando una dirección singular, forma de desviación terrible, más sufrida que querida, que tenía lugar entre las herméticas fronteras del mundo escolar. Me convertí en una pequeña excluida del interior lanzada por la pendiente abrupta de la ausencia.

Pasaron los meses. La risa y la agitación continuaron, y las reprimendas también.

Cuando nos daba el ataque de risa, Jadiya y yo no sabíamos en realidad que nos pasaba. No tenía lógica ni fin. A veces la risa se prolongaba. Bastaba una mirada, una palabra de Jadiya para que me diera la risa otra vez, y, al verme reír tanto, reír de saber que no tenía que reírme así ni en ese momento, Jadiya se reía también. Los alumnos sentados delante se giraban discretamente hacia nosotras. En alguna de las caras adivinábamos una risa tan voraz como la nuestra a punto de nacer, pero reprimida de inmediato. Entonces, nos reíamos de ellos, que no se atrevían a reír.

En muchas ocasiones los profesores nos echaron de clase.

Esperábamos horas en el pasillo sentadas bajo enormes vidrieras religiosas. Recuerdo una que representaba, en ocho piezas sucesivas, la Pasión de Cristo. Nos levantábamos, andábamos y volvíamos a sentarnos. El tiempo se hacía muy largo. Los bedeles hacían su ronda como jefecillos diligentes, una policía escolar. Al acercarse a nosotras, sin detenerse y sin dirigirnos siquiera una mirada, soltaban con un tono de superioridad: otra vez las brujas. Procurábamos no responder —siguiendo los consejos que una enfermera sustituta, de una dulzura infinita, nos había dado el día en que nos negamos a ir a la piscina, por temor a tener que ponernos en traje de baño, pretextando que nos dolía la tripa. En cuanto los bedeles desaparecían por la esquina del pasillo, nos daba un ataque de risa. Se nos cortaba la respiración. Nos faltaba el aire. Nos inclinábamos hacia delante y hacia atrás. Nos daban retortijones dolorosos. Habríamos querido calmarnos, aunque solo fuera un momento, y respirar, recobrar el juicio, pero con solo mirarnos, Jadiya y yo nos reíamos más todavía, nos moríamos de risa.

Conscientes de que nos arriesgábamos a que nos expulsaran de clase o nos enviaran al aula de estudio a la mínima alteración, sucedió que cada vez más Jadiya y yo hacíamos novillos sin que nuestros padres se enteraran. Con el tiempo, adquirimos la costumbre de quedar a la entrada de la biblioteca municipal, en la calle Kuhn, no lejos de la estación central y las pequeñas tiendas de ultramarinos. Sentadas una al lado de la otra en un escalón, esperábamos una o dos horas, en función de los horarios de apertura del día en cuestión. Cuando se levantaba el cierre mecánico, aparecían las siluetas de las bibliotecarias a través de la puerta de cristal, entreveíamos, a lo lejos, una mujer que se disponía a guardar la escoba, la fregona y el cubo del agua en el trastero que lindaba con el quiosco de prensa, sabíamos que por fin íbamos a poder entrar. Con paso rápido, y el peso de la mochila sobre los hombros, subíamos la escalera y, desde la entreplanta, apoyadas en la barandilla, Jadiya y yo imaginábamos lo que estarían haciendo nuestros compañeros a esa hora de la mañana. Después nos planteábamos una hipotética vuelta a clase, constantemente aplazada.

A la hora del almuerzo, nos íbamos de la biblioteca y nos dirigíamos al centro de S. Íbamos de calle en calle, parándonos en las plazas y los parques. Y ahí nos tenéis: dos niñas revoltosas, atropellándose a lo largo de las grandes avenidas, expulsadas de las tiendas por vendedores desconfiados, pero sin renunciar de ningún modo al gozo de estar *afuera,* yendo y viniendo a su antojo, libres.

Después del mediodía, sin realmente saber por qué, emprendíamos el camino de regreso al colegio. Nos cuidábamos de permanecer a un buen trecho del gran recinto para que no nos viera nadie. Sonaba la campana, y, apostadas a la vuelta de la esquina, veíamos a los alumnos, sonrientes y despreocupados, saliendo por la puerta y regresando a su casa. Y cuanto más los miraba, a esos alumnos, el corazón se me salía del pecho, como si quisiera romperlo. Me atenazaba la culpabilidad, como siempre en momentos así: había faltado una vez más a la escuela.

Esa escuela que era a la vez la gran desgracia de mi vida y la gran fortuna de la de Hania y Mohamed.

Jadiya, que se disponía a mudarse a corto plazo, acogía mis lamentos sin saber qué decirme.

En el banco de enfrente de la pequeña iglesia protestante, no lejos del colegio, nos quedábamos hasta la caída de la tarde: ella sentada, yo tumbada con la cabeza apoyada en sus muslos y nuestras mochilas tiradas en el suelo.

En cuanto se hacía de noche, nos dábamos prisa para volver a casa.

Cuando empujaba la puerta de nuestra casa, me dije en más de una ocasión que había llegado el momento de hablar con Hania y Mohamed. El momento de confesarles lo inconfesable: la escuela, en ninguno de sus aspectos, había dado señales de ser esa segunda familia que tanto habían soñado. Aquella promesa no era más que una mentira. Los profesores nunca había sido unos padres, ni los alumnos hermanos y hermanas. Aquella escuela era un espacio mortífero, en el que los ricos se burlaban de los pobres, en el que los chicos acosaban a las chicas, en el que los alumnos válidos golpeaban a los discapacitados, en el que el racismo hacía estragos todos los días. Yo sufría los efectos de esa *institución,* de sus reglas, de su autoridad, de las pequeñas violencias que se ejercían allí, de las miserias y humillaciones a las que los alumnos se sometían, y a las que los profesores sometían a veces a los alumnos. Solo había tenido una amiga, mi alma gemela, Jadiya, y, sin ella, caería muy pronto en manos de las chicas y los chicos de mi clase, que acabarían un día —estaba segura de ello— cortándome el pelo. Solo tenía una familia, mi familia, y ansiaba, por encima de todo, ahora, volver a casa, quedarme allí todo el día y no coger ese autobús, el 38. Había llegado el momento de confesar, también, esa otra cosa inconfesable, mi deseo de, cuanto antes, dejar de ir a la escuela y ponerme a trabajar. Trabajar junto a Hania y Mohamed, sumar la fuerza de mis brazos a la fuerza de los suyos. Y decirles que soñaba ardientemente con que cogiéramos juntos ese otro autobús, el 42, y que fuéramos en familia a trabajar de limpiadores y que ganáramos nuestro dinero, más dinero por estar unidos, a través de ese lazo familiar, que fuéramos una familia contra viento y marea.

Y ahí me tenéis, sentada en la silla de la cocina, en la soledad de un piso vacío, con los cuadernos y libros de texto displicentemente esparcidos, como de costumbre, por la mesa de la cocina, cuando de pronto oí la llave girando en la cerradura. Eran Hania y Mohamed que volvían por fin.

Recuerdo sus voces, sus palabras y la rabia cotidiana que los embargaba.

Ruido de puertas al cerrarse de golpe, zapatos cogidos por los talones, retirados con un movimiento brusco y arrojados al pasillo. Insultos: ¡jodido patrón!, ¡maldito patrón!, ¡maldito país!

¿Quién los obligaba a trabajar tanto, hasta agotar lo que les quedaba de salud, si no yo? Y me vino a la memoria, como una piedra lanzada a mi consciencia desvergonzada, aquellas palabras pronunciadas un día por Hania: menos mal que todos estos esfuerzos son para pagar la escuela de la pequeña.

Lo que sentía en el corazón aquella tarde, que lo aplastaba hasta el punto de haber pensado que confesándolo todo me tranquilizaría, se evaporó en una fracción de segundo. Al verme en la cocina, Hania y Mohamed me preguntaron si todo iba bien.

Sí, respondí.

Al abrir la ventana de mi habitación, veía —desde el amanecer hasta el anochecer— madres de familia sentadas en los bancos de madera de la zona de juegos, rodeadas de viejos cochecitos de bebé, triciclos, pelotas y bolsones de compras a cuadros rosas y blancos. Cuando los padres estaban trabajando, y el tiempo, ni muy frío ni muy caluroso, se prestaba a ello, aquellas madres abandonaban la exigüidad de sus viviendas y se refugiaban fuera, al aire libre. Se instalaban allí, en su segunda, si no su primera casa, que era ese terreno de algunas decenas de metros cuadrados de suelo blando y granuloso, en el que había un tobogán, un arenero, un columpio, y que rodeaban tres bloques azules, entre ellos el mío.

Alrededor estaban *los jóvenes*.

Es así como los llamaban los vecinos molestos por su presencia: esos *jóvenes* vagaban, vendían droga, quemaban coches. Todos aquellos jóvenes —jóvenes negros, jóvenes árabes— no hacían en realidad otra cosa que estar fuera, estar visibles. Ahora bien, esa simple y normal *aparición* bastaba para generar en algunos una sensación de inquietud, de enorme desorden público al que había que poner fin a cualquier precio.

De aquellos muchachos me acuerdo muy bien.

Como me parecían muy guapos —pelo rapado, barba espesa o de unos días, piel morena, camiseta blanca sin mangas, vaqueros claros, deportivas—, los observaba con mucha atención, con el único temor de que a mi vez fuera observada por ellos. Además de espiar sus caras y cuerpos, no dejaba de poner la oreja a sus conversaciones. Se lamentaban sin descanso de la falta de trabajo y de dinero. Y ese sueño que parecían compartir todos. El sueño de viajar, tener un coche, una casa grande, una mujer y poder ocuparse de sus viejos.

Buena parte de las conversaciones de esos chicos, entre dos cigarrillos y unos tragos de una bebida gaseosa, se referían inevitablemente a la policía. Los muchachos describían, en plan heroico o fastidiado, el modo en el que las últimas veces habían conseguido, o no, huir de ella. Pues la policía, movida por un impulso racial, llevaba a cabo controles arbitrarios y, tras esas operaciones de caracterización racial, controlaba la edad de los jóvenes y atribuía a cada uno, según su *apariencia,* su actitud y sus ropas, una vida más o menos larga.

Y los jóvenes solo eran los jóvenes porque los otros eran la policía.

Ahmed, solo sé su nombre: Ahmed. Vivía en el bloque blanco de grandes balcones de piedra, en los que las madres, al despuntar el día, tendían las sábanas limpias, las mantas y las alfombras.

Solo sé de Ahmed lo que la gente de mi entorno me dijo. Muchos me hablaron de la historia de Ahmed como de una leyenda. No me describieron a Ahmed por sus características propias, únicas, sino por lo que le había sucedido. Su historia. La historia por la que Ahmed quedó reducido a su nombre: Ahmed. Es la historia de Ahmed. La gente terminó refiriéndose a ella como la triste, la desgraciada, la trágica historia de Ahmed. Pero esa historia no estaba escrita, determinada, no era inevitable. Y, sin embargo, esa historia y no otra es la que ha sobrevivido. La historia de lo que le hizo la policía a Ahmed.

Ahmad, ahí lo tenéis, con su parka negra con capucha. Su parka con la cremallera rota. Su parka abierta al viento y al frío. La madre de Ahmed, a cualquier hora del día y de la noche, de pie en el balcón, inclinándose peligrosamente hacia delante gritaba: ¡ya es la hora, vamos, sube! Y Ahmed, con aquella voz grave que anunciaba el final de la adolescencia, respondía: ¡vale, ya voy! Pero no subía hasta bastante después, cuando subían los demás.

Y esto es lo que la policía hizo con la juventud de Ahmed una noche.

Ahmed estaba en la calle, apoyado en un murete no lejos de la zona de juegos. De los bafles de su escúter se escapaba una música ensordecedora.

Acodados en el alféizar de las ventanas, unos vecinos empezaron a amenazar, insultar, lanzar cosas a la motocicleta y a Ahmed. Después llamaron a la policía.

Y la policía, me imagino que alegrándose de sacudirse el aburrimiento de las largas rondas nocturnas, con el aullido de las sirenas, llegó al lugar a los pocos minutos. Dónde está ese granuja, vocearon los agentes bajando del coche. Dónde está, volvieron a preguntar. Y la policía se lanzó a la búsqueda de ese chaval según la descripción que les habían dado: *joven, alto, de tipo norteafricano.*

Ahmed, al escuchar de lejos las sirenas, se montó en su escúter y se fue en dirección a la zona de las chalés. No necesitó mucho tiempo la policía para dar con Ahmed. Los vecinos de los pisos más altos de los bloques confirmaron que fue ahí, en las cercanías del Ill, donde detuvieron a Ahmed. Los vecinos refirieron —y Ahmed lo confirmó después a su madre durante su primera visita en el locutorio— que, como no llevaba documentos de identidad encima, la policía se puso, frenéticamente, a registrarlo. Y como se registra un bolsillo, un cajón, un bolso, así registraron los policías a Ahmed.

Y Ahmed les gritaba —muchos lo recuerdan—: ¡parad, no me toquéis *ahí,* parad! ¡Quitadme las manos de encima! Y la policía no dejaba de insultarlo, de tratarlo de *sucio árabe,* de *cabrón.*

Ahmed empezó a forcejear con tanta vehemencia que la policía le puso las esposas y le ordenó que no se moviera. Desde su ventana, algunos vecinos del inmueble —los mismos que habían avisado a la policía— vieron así a Ahmed: empujado contra la pared, con las piernas separadas, las manos a la espalda, y varios hombres rodeándolo y golpeándolo a la altura de las costillas. A Ahmad lo molieron a palos, le molieron hasta los huesos, los huesos de perro.

Los policías agarraron entonces a Ahmed, lo condujeron hasta el coche y se marcharon.

Lo que sucedió después, exactamente, lo desconocemos.

Unas semanas después, informaron a la madre de Ahmed que su hijo —*cuyo cuerpo y los genitales en particular* presentaban heridas recientes— se había dado muerte en la celda de aislamiento.

Nosotros éramos como esa gente, os dais cuenta. Vivíamos en el mismo barrio, en la misma calle, en el mismo bloque, pero nunca habíamos estado verdaderamente con ellos. Como ellos no habían estado nunca, en verdad, con nosotros. Buenos días-buenas tardes, gracias, felices fiestas, hasta luego. Nada más. Así era como Hania y Mohamed —y muchos de nuestros vecinos— consideraban, con una cierta distancia, la vida en comunidad. Una distancia en la que se dejan ver los efectos previsibles de la promiscuidad cuando, a fuerza de vivir juntos por obligación, se acaba por querer vivir solo. Así que, cuando una tarde la madre de Ahmed llamó a nuestra puerta —buenos días, soy la madre de Ahmed— y con voz temblorosa nos invitó a la ceremonia fúnebre que se haría en memoria de su hijo, yo sé que Hania y Mohamed hubieran preferido decir no. Decir: no, nosotros no somos como vosotros, no somos de los vuestros. Déjenos que sigamos alejados, que la violencia que os golpea no nos golpee a nosotros.

Y sigo viendo a la madre de Ahmed. Ahí, de pie en el umbral de la puerta, con su hijo más pequeño en brazos, tranquilo, risueño, que, de vez en cuando, inclinaba la cabeza hacia nosotros. Hania y Mohamed invitaron a la madre a entrar —acomódese aquí, en el salón, está usted en su casa—. Nada más sentarse en un sillón, la madre nos contó que Ahmed sería enterrado en el pedazo de tierra musulmán del cementerio sur de la Meinau. Y, con voz firme, repitió la pregunta: ¿irán ustedes?

Una frase que, súbitamente, golpeó la conciencia de Hania y Mohamed.

Creo que no se esperaban una frase semejante. La frase, apenas pronunciada, perturbó a esa mujer y a ese hombre que esperaban protegerse eternamente de la violencia —no es nuestra vida, bastante tenemos ya con nuestra propia vida y su propia violencia—. Pero aquella frase, la frase que afirmó que Ahmed era el hijo de todos nosotros, el hijo de cada vecino de Elsau, el hijo de Hania y Mohamed, aquella frase acabó aboliendo las distancias, las defensas y la desconfianza. Yo sé que Hania y Mohamed hubieran querido decir no. Pero yo dije sí, los tres dijimos sí, claro que sí, estaremos presentes.

Aquello sucedía en otros lugares, lejos. La televisión, el periódico nos informaba regularmente de que muchachos jóvenes morían a manos de la policía. Y, sin embargo, cuando aquello sucedió cerca de casa, cuando le sucedió a personas que conocíamos produjo una estupefacción mayúscula. Porque escuchar hablar de la violencia equivale, en realidad, a conocer muy poco de ella. Pero cuando Ahmed murió, todos conocimos la violencia. La violencia se mezcló entonces con nuestra vida, en la indecencia y el impudor. La violencia se quedó con mucho de nosotros. La violencia nos despojó de nosotros mismos. La violencia nos obligó a mirarnos y a mirar nuestra vida de forma diferente. A veces no veíamos nada salvo la violencia. De modo que la violencia dejó de ser una palabra: se convirtió en algo, en una experiencia, en una forma de vida. La violencia se convirtió en la vida de la familia de Ahmed.

Tenía Mohamed pasión por los objetos bonitos.

Todos los domingos, después de rezar juntos, íbamos a la cocina, donde Hania se afanaba ya en preparar la comida. Y allí, sentados frente a frente, con un cartelito en el centro de la mesa, Mohamed y yo recorríamos con la mirada la lista escrita con letra menuda que detallaba línea a línea los mercadillos y puestos de anticuarios de ese mes, que solían encontrarse en pueblos de nombres impronunciables, lejanos, en pleno campo o perdidos entre viñedos.

Mohamed, entonces, como de costumbre, cogía de sopetón el cartelito, lo plegaba en cuatro y se lo guardaba en el bolsillo del chaleco de tela y, mientras se disponía a tomar el primer trago de un café bien caliente, ardiendo como a él le gustaba, levantaba la vista hacia mí y me preguntaba: entonces, ¿te vienes?

Y ahí nos tenéis a Mohamed y a mí, parados a unos metros de la puerta, esperando dócilmente a que Hania nos trajera la bufanda y el gorro, sin los cuales no nos dejaba salir. La bufanda, mi madre hasta se la enrollaba al cuello a Mohamed, igual que me calaba sin miramientos a mí el gorro en la cabeza. Sigo viéndola, a mi madrecita, retrocediendo unos pasos, mirándonos con un aire de lo más serio y diciendo, orgullosa de ella y de nosotros, hala, ya estáis listos.

Era el feliz anuncio de la partida. Nada más sentarme en el asiento delantero del coche encendía yo la radio —daba igual la emisora— y ponía el volumen al máximo. Aquel estruendo habría disuadido a cualquiera de entablar una conversación, pero Mohamed, pleno de entusiasmo matinal, trataba de hablar conmigo. Me decía: la guerra, la guerra está por todas partes, sabes. Lo que los fuertes hacen a los débiles es insoportable. Repetía: si supieras todo el dinero que gana el patrón, que nosotros no ganamos, y lo que nos insulta el patrón, cómo nos explota, si supieras.

Desde ese momento sabía que perdía al padre y me encontraba con el trabajador.

Mohamed decía algunas palabras en francés, en árabe, pero terminaba expresándose solo en árabe. Sentía yo entonces que se adueñaba de él una tristeza, una ira. Maldecía esta época, este país, hasta el punto de golpear con violencia el volante y acelerar de rabia. Y solo cuando me veía palidecer de miedo, Mohamed reducía la velocidad.

De ahí lo de la radio, lo del volumen altísimo, para proteger a Mohamed de esos pensamientos terribles que se le metían en la cabeza cada vez que tomaba la autopista y pasaba cerca de la nave de la empresa de limpieza para la que trabajaba. Deseaba que todo ese ruido consiguiera desconcentrarlo, que olvidara por dónde íbamos —por el camino de su trabajo. Sencillamente que se olvidara del trabajo. Que yo pudiera reencontrar al padre.

Sigue viva en mí la imagen de nosotros dos en ese coche, circulando por interminables carreteras nacionales, sin estar seguros de que el camino fuera correcto. Porque tengo la duda de si queriendo proteger a Mohamed de sí mismo, no buscaba, en realidad, protegerme también yo. Y lo siento muchísimo. Lamento haber rechazado la indignación de ese hombre para rechazar más fácilmente la idea, que en esos años me resultaba insoportable, de que era hija de un trabajador desgraciado. Lamento habernos abandonado así al borde del silencio. De no haber sabido admitirnos tal cómo estábamos, extraviados, cada cual a su manera, en el tumulto ordinario de unas vidas subyugadas. Lamento no haber sabido admitir su ira ni mi impotencia. Lamento no haber aceptado que él fuera el adulto, y yo la niña. Aceptado que en su calidad de adulto podía hacer cosas por mí, y que yo, una niña, no podía hacer nada por él.

Y, estando ya en el pueblo, nos quedábamos hasta primeras horas de la tarde.

Mohamed, lo recuerdo, solo miraba los objetos. Únicamente después, cuando se enteraba del precio, dependiendo de que no fuera muy caro o barato, pero según sus palabras *interesante,* se tomaba la libertad de tocar el objeto, verificar su estado y estimar su valor real. Siempre terminaba devolviendo el objeto y diciendo al vendedor, con un tono sincero, me lo voy a pensar.

Cuando se acercaba la hora del almuerzo, nos abalanzábamos al banco más cercano y sacábamos de unos sofisticados embalajes la comida que Hania se había encargado de prepararnos. Una vez saciados, nos apresurábamos a volver a la caza de las gangas. Mohamed, antes de separarnos, me tendía un billete, diciéndome: cosas útiles, nada de *chorradas.*

Después de recorrer el mercado, había que regresar. Mohamed daba la mano a algunos chamarileros. Les decía hasta pronto, sí, hasta la próxima. Entonces nos dirigíamos al coche con los brazos cargados de cosas que colocábamos de cualquier manera en el maletero, vaciado a propósito.

Y, con las manos agarradas al volante, buscando con la mirada la dirección que había que tomar —pero dónde está la salida, repetía—, Mohamed volvía a hablar en voz alta. Decía: el cuadro y los visillos de encaje fino le van a gustar a tu madre. Por esas simples palabras, dichas con ternura, yo sabía que el trabajador había desaparecido y que ahora era el marido amante el que aparecía.

Y vuelvo a ver a Mohamed, con una mano al volante y la otra golpeteándose el muslo, meneando la cabeza mientras canturrea las palabras de su querida música *chaabi* que tanto le gustaba.

Cuando por fin llegábamos a buen puerto, Mohamed se apresuraba a bajar del coche, coger las compras y, a toda velocidad, con los brazos cargados, se encontraba con Hania. Unos minutos después, yo empujaba la puerta entreabierta del piso y descubría colocados en la alfombra del salón los maravillosos hallazgos del día. Mohamed le pedía a Hania que cerrara los ojos, y Hania así lo hacía —venga, que sí, que no veo nada, lo prometo—. Mohamed, sosteniendo entre sus manos juntas una muñequita de porcelana, estiraba los brazos hacia Hania y la invitaba a abrir los ojos. ¡Hala, qué muñeca —exclamaba Hania—, ¡qué locura! Sí, era cara, concedía Mohamed, pero *por esta vez,* no pasa nada.

Miraba a mi padre y a mi madre jugar, amarse, vivir su vida. Por un instante, dejaban de ser mis padres. Se transformaban en un hombre y una mujer felices de ser el uno para el otro.

Los mercadillos solían preceder la salida estival.

Desde la ventana de mi habitación, veía coches y furgonetas, cargados hasta los topes, alineados en el gran aparcamiento.

Tras el último rezo de la tarde, los hombres, acompañados de los niños, a los que no habían visto en todo el día, se encontraban en el aparcamiento. Entre todos, verificaban el estado de los coches, unos ponían a disposición de los demás sus conocimientos de mecánica. Daban fuertes patadones a los neumáticos, abrían los capós y se inclinaban sobre el motor. Miraban el nivel del aceite y del agua, y se preocupaban por el estado del radiador. De aire, nada, decían. Habrá que contentarse con abrir las ventanillas. Luego, hacían, deshacían y rehacían sin descanso el cordaje que sujetaba los bultos encima del techo de los coches.

Acabado el ritual de los preparativos, los hombres se saludaban, se abrazaban y se deseaban buen viaje. Tras lo cual cada uno se subía a su casa.

Hania, agobiada por el calor de bochorno que azotaba con frecuencia S., casi no podía dormir. Y ahí la tenéis, en mitad de la noche, con su larga túnica blanca sin mangas salpicada de motivos florales, entrando en mi habitación con paso sigiloso, acercándose a la ventana, y acodada en ella, con la cabeza sujeta entre las manos, barriendo el horizonte con la mirada. Y escuchen lo que, con tono desengañado, me decía: ¡vaya vida esta! Vaciar los pisos donde vivimos aquí, para llenar allá casas donde no vivimos.

Y Hania oía un ruido. Era Mohamed llamando a la puerta. Se apresuraba a abrirle.

Y nunca se trató únicamente de irse de vacaciones. Era algo más grande, absoluto.

El día de irnos de vacaciones era un día de fiesta. Había que verlos, a Hania y Mohamed, que no sabían por dónde empezar, hacia dónde correr, y yo corriendo detrás de ellos.

Hania iba y venía por el piso. Metía las cosas en bolsas grandes de tela. Me decía: mira, acuérdate bien, esta bolsa es para tu tía. Y esta otra para tu tío. ¡Que no se te olvide! Cuando terminaba de llenar las bolsas las colocaba junto a la puerta. Luego, iba a la cocina. Fregaba las tazas del café de la mañana. *Las últimas que friego,* decía alegremente. Después, limpiaba de arriba abajo el frigorífico. Tiraba a la basura todos los alimentos perecederos. Repentinamente, voceaba mi nombre y me pedía que la ayudara a apagar el frigorífico. Me daba prisa en ir a donde estaba ella, y las dos juntas, de rodillas en el suelo y con las manos abiertas sobre la puerta del frigorífico, empujábamos para desplazarlo unos centímetros. Entonces, deslizaba mi mano hasta alcanzar el enchufe y, de un tirón, lo desenchufaba. Cuando el runrún del motor cesaba, era la señal de que habíamos acabado. Por fin.

Entretanto, Mohamed se deslomaba bajando las bolsas hasta el bajo y las iba colocando, una a una, en el maletero del coche, que dos o tres bolsas bastaban para llenarlo. En cuanto llegaba donde estaba él, me pedía que lo ayudara a subir al techo del coche el resto de bolsas. Sigo viéndolo subido a la escalerilla blanca y roja prestada por el vecino del bajo, colocando, con cierto sentido de la organización, los bultos que yo le tendía. Con cuerdas y gruesas correas lo ataba todo bien firme. Espero que resista, mascullaba.

Fue mucho después cuando compramos una baca.

Se trataba, a ver si me explico, de marcharse como si fuera definitivamente, aunque, en realidad, era solo una apariencia. Sin embargo, sé que Hania y Mohamed llegaron a creer, en alguna ocasión, que sería de veras sin retorno. Pues, en el momento en que pensábamos que por fin todo estaba listo para poner en marcha el coche y empezar a rodar, Mohamed se acordaba de pronto de que se había olvidado algo importante. Así que bajaba del coche a toda prisa, subía a la casa y regresaba sosteniendo en las manos abrigos y mantas. Es por si hace frío, explicaba. Hania no respondía por miedo a herirlo. Pero me decía a mí: anda que no está loco tu padre. Loco de creer que pasaremos allá el invierno, cuando estaremos de vuelta antes de que acabe el verano. Movía la cabeza y repetía en voz baja que su marido estaba loco, sin saber que la misma locura le iba a dar a ella, cuando, unos instantes después, se bajaba del coche y salía corriendo hacia el piso, volviendo con los brazos cargados con más cosas.

Cuando estuve en Marruecos —no tanto de vacaciones como observando a Hania y Mohamed vivir la experiencia del retorno a su casa—, quise decirlo. Decir: venga, ya basta, me vuelvo a casa. Pero nunca pude, pues siempre las palabras, las miradas, los gestos de Hania y Mohamed me desarmaban.

Se levantaban por la mañana temprano, con ganas de aprovechar bien el día. Abrían de par en par la ventana de la cocina y exclamaban al unísono: ¡qué día tan bueno! Hania preparaba el café para su marido. Una costumbre de allá que aquí se convertía en cariñosa atención. Sentados a la mesa uno frente al otro, bebían el café al mismo ritmo, siguiendo una gestualidad mimética nacida de esa continua fusión que pocas parejas conocen. Se contaban cosas sin importancia, que, sin embargo, ellos consideraban importante contarse. Hablaban del tiempo tan bueno, de la lluvia prevista para el fin de semana. Después, se vestían con ropa nueva. Una ropa que ellos creían como la de todos los demás. Con aquella vestimenta *local, típica,* pensaban lograr confundirse con el gentío del centro de la ciudad. Transformarse en gente de allí. Esa gente que hubieran sido ellos si no se hubiesen ido a trabajar y vivir a Francia. Pero en la calle, en las tiendas, en el mercado la gente solo reparaba en ellos. La calidad del tejido de la ropa que llevaban, su manera de moverse, de hablar, de desempeñar el papel de quienes no desempeñan papeles, todo contribuía, sin que se dieran cuenta, a hacerlos visibles, fácilmente identificables. Buenos días a los franceses, podía ser el saludo al entrar en una tienda.

Hania y Mohamed iban todos los días, de casa en casa, a visitar a sus respectivas familias con los brazos cargados de regalos —té, leche, telas, ropa para los recién nacidos—. Yo los seguía con más o menos gusto.

Me sigo viendo en aquel salón en el que un buen número de miembros de *mi* familia estaban reunidos. Como no me apetecía mezclarme con aquellos desconocidos, me quedaba sentada en un extremo del sofá, alejada de Hania y Mohamed, pero sin apartar los ojos de ellos, mientras que ellos, olvidándome, olvidando la familia que formábamos, parecían hacer piña, entre risas y abrazos, con esa otra familia que reencontraban tras años de separación.

A cada pregunta que les hacían, Hania y Mohamed respondían al unísono: todo va estupendamente.

Con aquellas palabras arrojaban un púdico velo sobre su vida. En realidad, mis padres mentían. Todo estaba disimulado por la mentira. Mentían tan sinceramente. La sinceridad de los inocentes, que, al mentir, luchan por conservar el sentido de la vida, un sentido sin el que esa vida se desmoronaría sobre sus ilusorias bases. Así que mentían, a primos y primas, a tíos y tías.

Sí, de veras, todo va estupendamente.

Al anochecer, Hania y Mohamed regresaban a casa. Ella preparaba algo de comer —una cosa ligera, insistía él—. Luego, juntos, se acomodaban tranquilamente ante el televisor y cenaban así.

Antes de acostarse, apagaban las luces y se iban a su habitación. Yo me encontraba en el cuarto de al lado, tumbada en la cama, y los escuchaba charlar un rato, repitiendo el buen tiempo que había hecho hoy, muy bueno. Después, en voz baja, interrumpiéndose entre ellos, preparaban el programa de visitas familiares del día siguiente. Y escuchándolos decidir juntos la ropa que cada cual se pondría, me sentía como ese padre enternecido por la alegría de sus hijos y que acaba sintiéndose a su vez feliz.

Allá, sigo viéndolos, Hania y Mohamed estaban en aquel espacio sagrado, el espacio llamado del amor. El amor, la isla encantada. Ahora puedo decirlo: nunca pude ni supe alcanzar las maravillosas costas de esa isla. Yo estaba en el continente, en la metrópoli, y observaba y escuchaba de lejos. Hania y Mohamed eran, en esa isla del país natal, todo lo que estaban privados de ser en el continente, un hombre y una mujer. Allí, en su tierra, estaban como devueltos a sí mismos, quiero decir, devueltos a su mundo primordial, inalienable, pero alienado, y yo esperaba que volvieran a mí, que volvieran a nuestra tierra, que regresáramos a nuestra casa.

Esperé todo julio y todo agosto.

CONVERTIRTE EN UNA EXCEPCIÓN

Sucedió unos días después de la vuelta a clase.

Recuerdo una mano, unas sortijas engastadas con piedras de colores en cada dedo, una pulsera de oro con perlas blancas engarzadas brillando en la muñeca y recuerdo también la piel lechosa de esa mano, algo arrugada y salpicada de manchas oscuras. Y cuando la profesora me tendió su mano, y en su mano, un libro, lo tomé como un regalo. Lo apreté contra mi pecho. Gracias, dije. Luego, salí del aula de ese instituto privado y católico en el que Hania me había matriculado.

De aquella experiencia guardo hasta el más mínimo detalle. Tan solo me falla el recuerdo del preciso instante en que abrí el libro y leí la dedicatoria. No sé si fue bajando los peldaños de la escalera que conducía al gran vestíbulo del instituto, atravesando el patio sombreado, en el camino que conducía a la parada del autobús, o en el propio autobús.

Pero la dedicatoria.

Si yo he borrado de mi memoria esos segundos durante los cuales mis ojos se detuvieron en la dedicatoria de la profesora, la imagen de esa página dedicada ha permanecido amarrada a mi mente.

Tan solo fueron unas palabras. Solo eso, nada más. Dirigidas *a mi pequeña árabe, que debe conocer su historia.* Esas fueron las palabras de la dedicatoria.

Me veo en mi habitación, sentada en el borde de la cama, frente al gran cartel de Pocahontas y con el libro regalado, y dedicado, sobre los muslos. Hania hizo su aparición entonces, con un cesto de ropa sucia bajo el brazo. Llevaba el pelo recogido, y le caían unas mechas por encima de los ojos. Busqué con mi mirada, como hacia siempre, la mirada de Hania. Su rostro mostraba el cansancio del final de la mañana, cuando las faenas de la casa tocaban a su fin. Y mientras recogía la ropa desperdigada por la alfombra, vio el libro y me preguntó de qué se trataba.

Esta imagen de mi madre que, atareada en las faenas cotidianas, se interesaba por mí y la buena marcha de mis clases, la tengo anclada en mí. Habla de la fe de mi madre en la institución, en lo que la institución hacía por su hija, en lo que le predestinaba en el futuro. Nunca se preguntó mi madre ni me preguntó cuál sería ese futuro. Se contentaba con la idea de futuro, la idea de la existencia de un futuro para mí. Eso era el futuro. Mi madre vivía en la ilusión de la grandeza e igualdad de la institución escolar. Lo que decían los profesores se consideraba palabra del evangelio. Siempre la escuché diciendo que ellos sabían más que ella. Mientras preparaba la cena con las manos enharinadas con la harina del pan que le gustaba amasar en la mesa de la cocina, repetía: si los profesores lo dicen es porque lo saben. O: ¿cómo voy a saberlo yo si no enseño?

La sonrisa de mi madre cada vez que evocaba la escuela hundía sus raíces ahí, en esa alegría, la inmensa alegría de *creerse* relevada. De creer que la escuela tomaría el relevo en alguna etapa de la carrera en que ella, Hania, cuando el ritmo se acelerara, y las distancias aumentaran, no pudiera seguir corriendo conmigo.

Por encima de todo yo trataba de proteger a Hania del mundo exterior y, en particular, de la escuela, de lo que allí pasaba, de lo que allí se decía y de lo que allí se hacía. En aquellos momentos ese era el verdadero sentido de mi vida: querer a Hania tan fuerte, tan intensamente, hasta no saber quién de las dos era la madre y quién la hija.

Así que respondí a Hania: sí, es un libro de clase, un libro interesante, la verdad. Añadí que lo había comprado en la librería y que estaba impaciente por leerlo. ¿Era mentir omitir el verdadero origen del libro y la dedicatoria que lo acompañaba? Sí, y mentí por el bien de Hania. Para que únicamente reinara la paz en su mundo, para que la ofensa y el insulto nunca entraran en él.

Al día siguiente, al salir del aula de guardia, me crucé, en el largo pasillo que llevaba a la cantina, a la profesora de las manos bonitas. La estoy viendo. Una señora esbelta, elegante, sosteniendo bajo el brazo una cartera de piel marrón. Una piel parecida a la de los mocasines por encima de los cuales caían unas faldas largas rectas estampadas, a cuadros, floreadas. Mientras caminábamos en dirección al patio, me preguntó si había hojeado el libro. Me repitió: es importante, de veras, debes leer ese libro. *Es la historia de los tuyos.*

El patio estaba vacío y silencioso.

La profesora se sentó en el borde mismo de un banco para no mancharse la ropa y me preguntó si quería ir a presentar el libro en una de sus clases de segundo de bachillerato. Me acerqué a ella y espontáneamente le pregunté: ¿una exposición para subir nota? Asintió.

Intercambiamos unas sonrisas sinceras y nos separamos.

Unos días después, en el cuarto de baño de mis padres, frente al espejo oval, me peinaba y releía la ficha de cartulina colocada en una esquina del lavabo. Pensaba en los puntos que ganaría y que me servirían para subir la media. Quería sacar buenas notas por Hania y Mohamed, por lo que esas notas les dirían de mí, que era una buena chica, una buena alumna, y por lo que las buenas notas dirían de ellos también, que eran unos buenos padres, unos padres magníficos.

Aquella mañana, llegué pronto al instituto. En cuanto se abrió la puerta, corrí al aula de la profesora. Sonó la campana, y la vi al final del pasillo seguida por sus alumnos. Al llegar a la altura del aula, abrió la puerta y me invitó a entrar. Los alumnos se dirigieron a sus sitios, y me quedé cerca de la mesa de la profesora. Yo sostenía en la mano el libro, el libro dedicado. Levanté la vista y vi a todos los alumnos frente a mí. Los vi como nunca antes los había visto: semejantes a un grupo con miembros asombrosamente idénticos, una mayoría blanca. Y yo me vi sola.

En aquel momento, hubiera deseado dar marcha atrás. Decir: señora, he cambiado de parecer, ya no quiero hacer la presentación. Y volverme a casa. Pero no lo hice. Así que ahí me tenéis, apoyada en la pizarra grande, deseando retroceder más, aunque no se podía, enfrentándome a esa clase, a mi pesar, y hablando como solo sabía hablar, siguiendo los criterios escolares, dejando que las palabras vinieran a mí, pronunciadas con una voz febril casi inaudible. Y las palabras llamaban a otras palabras, de una manera cada vez más maquinal.

Tengo ese inolvidable recuerdo, que nada difumina, amarrado en mi memoria. De esos recuerdos que merodean, vagan, asedian. El recuerdo de aquella escena, de pie, hablando de ese maldito libro, describiendo su organización interna, el estilo del autor, y, de pronto, la profesora que me interrumpe y me pide que diga algunas palabras a sus alumnos sobre mis *orígenes,* mi *cultura,* mi *religión* y decir algunas palabras también en mi *lengua materna.*

Y lo hice.

En aquel desigual cara a cara, por un instante, me sentí una excepción, como un cuerpo aislado, infravalorado, mi cuerpo en juego, un cuerpo en sí, frente a *los clones,* a los mayoritarios. Y sentí que se me exponía, que se me exotizaba.

Pasado el tiempo, tuve ocasión de contar a mis allegados esta escena. Y decirles: sí, esta escena, sabéis, fue una extraña escena. Una intrusión muy grande. *Alguien, algo* se introdujo entre yo y yo misma. Fue una agresión, y fue más fuerte que yo, yo era pequeña, no supe qué hacer, qué decir, y no hice ni dije nada.

Durante el curso de segundo de bachillerato, muchos alumnos tenían encima de su mesa un grueso sobre marrón.

Y había que ver el cuidado que ponían con el sobre. La manera con la que, cuando se acababa la clase, cogía cada cual el suyo y se iba a hablar con el profesor de los documentos que contenía. Formularios que había que rellenar, sellar y firmar, a los que había que adjuntar —suponía yo aguzando el oído—, certificados, boletines de notas, cartas de motivación, de recomendación, y todo ello siguiendo un calendario preciso. De tanto espiar esas discretas conversaciones con aires de secreto, comprendí que profesores y alumnos hablaban del después del bachillerato. Del futuro.

Aquello me impactó, pues a ojos tanto de profesores como de alumnos el título parecía representar una simple formalidad. Ya lo habían ganado, *poseído* —mientras que para mí seguía siendo una fuente de incertidumbre, tenía que aprobar el examen y conseguir los puntos necesarios que yo, por adelantado, mentalmente o en trocitos de papel, no paraba de calcular una y otra vez, según el coeficiente que correspondía a cada asignatura. Así que los alumnos, seguros de sí mismos e imbuidos de una confianza que con mucho esfuerzo yo nunca lograría adquirir, evocaban estudios, institutos, escuelas en ciudades, países, continentes lejanos. Y también me asombraba que nunca hablaran de dinero, el dinero necesario para los gastos de matrícula, desplazamiento, alojamiento, comida y el necesario para comprar el material nuevo. Escuchándolos, parecía que todo aquello fuera gratis, o que no tuviera precio, pues el dinero no suponía ninguna dificultad, ningún obstáculo. El dinero era un capital disponible: el capital de sus padres, del que los alumnos sabían que podían disponer.

Y aquellos alumnos decían —mientras que yo hacía que recogía mis cosas—: yo aún no he elegido la carrera, pero será derecho, medicina, ingeniería… El profesor respondía: muy bien. Y añadía, en teoría, todo es posible.

Mis compañeros de clase no sabían lo que les esperaba, pero sería algo bueno, de eso estaban seguros.

Su sitio, pensaba yo, ya lo tienen reservado. Su sitio en este mundo existía antes de que ellos existieran. Lo tienen dispuesto. Su sitio, un sitio selecto, por supuesto. Como si todos los futuros les fueran accesibles. No tienen más que ir, un día, presentarse y *ocupar el sitio*.

Salvo alguna excepción, eran los chicos únicamente los que tenían los preciados sobres. Porque a los chicos blancos siempre los cobijaba, protegía, atendía y mimaba la escuela, como si la escuela fuera su familia. Y recuerdo a las chicas, pequeñas *huérfanas* de la institución, sin conciencia de serlo, tan ocupadas estaban en pensar en los chicos que pensaban en su futuro.

Yo seguía los amores de las chicas de mi clase casi con el mismo interés, si no mayor todavía, que el que ponía en las series de televisión que veía todas las tardes al volver a casa. Tal vez, en algún momento incluso, llegó a sucederme no distinguir los males de amor reales con los ficticios y confundir a las chicas de mi clase con las protagonistas de la pequeña pantalla.

Lætitia. Así se llamaba. Hacía meses que salía con un chico de la clase. Un día, los sorprendió un profesor besándose a la vuelta del pasillo. Días después, a primera hora de la tarde, el director del centro convocó a Lætitia.

Yo no era amiga de Lætitia. Ninguna chica podía, a esa edad, la edad de la envidia y los celos, ser amiga de una chica como ella. De piel translúcida, ojos de un azul turbador y que además tenía pecho y gustaba a un chico. Pero aquella tarde, sin embargo, algunas de nosotras nos agrupamos cerca de la puerta de entrada, movilizadas como un solo cuerpo, a la espera de que Lætitia saliera del despacho del director.

Transcurrido un buen rato, apareció a lo lejos, con aspecto contrariado y triste al mismo tiempo. Más que caminar, parecía arrastrarse hacia nosotras, lentamente, con la mirada furiosa y los hombros caídos. Ella, cuya belleza era la belleza blanca absolutamente perfecta, no dejó de serlo, claro, pero dejó de ser únicamente eso. Sus grandes ojos azules, sin maquillar, puros y terribles, de una intensa claridad, esos ojos tan queridos, cuando Lætitia se acercó, los vi brillar, inundarse y verter lágrimas tan abundantes que el color, el azul de los ojos de Lætitia, acabo diluyéndose y desapareciendo.

Lætitia nos contó, palabra por palabra, la conversación con el director. Que le había dicho: eso tiene un nombre, lo que haces con Alexandre y lo que tú eres. ¿Eso es lo que quieres ser más adelante? ¿Una chica de esas, como las chicas de la calle, que no se respetan a sí mismas? ¿Una chica fácil?

Lo confieso: había esperado secretamente que castigaran a Lætitia por haberse mostrado tan precoz y rabiosamente mujer, mientras que nosotras aún seguíamos siendo unos chicazos. Castigada, Lætitia, por atraer hacia sí todo el amor y no dejarnos a las otras más que las migajas de la amistad de los chicos. Pero castigada de esa forma, humillándola e insultándola, eso no lo deseé nunca.

La escuela reserva una suerte a los chicos y otra a las chicas, pensé.

La solidaridad, la empatía —tal vez incluso la amistad— que sentí por Lætitia me empujó a acercarme a ella, como nunca hubiera creído poder hacerlo, a pasar mi mano por la suya, acariciar su hombro, tocar con la yema de los dedos sus largos cabellos rubios y decirle aquí me tienes, Lætitia, si quieres hablar, aquí me tienes.

Unos días después, Lætitia invitó a su casa a sus amigas a pasar la tarde y me propuso que fuera con ellas.

Hacía calor aquella tarde. Un cielo luminoso.

Algunas estaban sentadas en el borde de la cama de Lætitia. Otras, de pie junto a la ventana. Y otras se habían acomodado en unos confortables cojines blancos en el suelo. Y todas, en silencio, mirábamos a Lætitia ir y venir con su vestido rosa de tirantes. En los pies unas sencillas bailarinas. De golpe, al pasar cerca de una estantería, Lætitia cogió una alhaja, un estuche de maquillaje y un frasco de perfume y, presa de un repentino orgullo que chocaba con su cara sombría, nos mostró aquellos regalos de Alexandre.

Dos golpecitos en la puerta.

La madre de Lætitia, alzada sobre unas sandalias de cuña, apareció y nos propuso desde el quicio de la puerta que la siguiéramos al jardín donde nos esperaba algo para comer preparado por ella. ¡Sí, venid!, dijo Lætitia. En el centro de un extenso jardín, bordeado de altos rosales, habían hecho una piscina de piedras blancas de forma ovalada, que daba la sensación, a quien la miraba de lejos, de que, al zambullirse en ella, penetraría dentro de un pequeño lago salvaje. El agua de un azul cielo brillaba tranquila. Y me puse a pensar en Hania y Mohamed e imaginar lo que dirían si supieran que estaba ahí: en el interior de una de esas casas parecidas a aquellas otras a las que daban las ventanas de nuestro piso y junto a las que antaño nos gustaba pasearnos las mañanas de domingo.

Sacada de mis pensamientos por las voces y las risas de las chicas, me volví y las vi alineadas en el borde de la piscina. Repentinamente, se arrojaron de cabeza y vestidas al agua. Se produjo un estruendo seguido de un estallido de salpicaduras. Las chicas desaparecieron y, al momento, reaparecieron chorreando, pasándose las manos por la cara y el pelo, escupiendo el agua por la boca y riendo, animándose unas a otras a repetirlo.

Yo no pude, no supe hacer lo mismo. Retrocedí unos pasos y me senté en el gran banco de mimbre blanco, al lado de la madre de Lætitia.

Aquellas chicas exhalaban juventud.

Éramos casi de la misma edad, claro, pero no estoy hablando de los años que habíamos dejado atrás. Hablo del tiempo, de la manera en que mi relación con el tiempo vivido difería de la suya. Hijas blancas de las clases superiores, emanaba de ellas esa desenvoltura, natural, incardinada, absoluta, que se ponía de manifiesto tanto en la acción como en la inacción, en todo lugar y en todo tiempo, y que yo sentí tan intensamente aquella tarde que, sin ser consciente, me quedé paralizada en el sitio, en un estado de estupefacción total, con la mirada perdida, fija en no sabría decir qué, impactada, en realidad, por la repentina y perdurable conciencia de que ellas eran jóvenes, como recién nacidas, puras, y yo era una vieja a mis diecisiete años, dominada por unos sentimientos —como la vergüenza, el miedo, la rabia— que se desviaban como pequeñas flechas y me traspasaban el cuerpo de un lado a otro.

Me sentía profundamente sometida a esas sensaciones turbadoras, marcada por ellas, yo era una chica formada y forjada por ellas, mientras que aquellas chicas estaban libres de cualquier marca.

Hasta la madre de Lætitia me lo hizo notar con una frase: pareces ausente. ¿Estás bien? Y yo, sin saber qué decir, me contenté con sonreír.

Luego, Lætitia salió de la piscina, atravesó el jardín, y yo la seguí.

Ahora que estábamos solas en el cuarto de baño, a donde ella había venido a recoger unas toallas, me entraron unas irreprimibles ganas de sincerarme con ella. Aspirando profundamente, le dije que, tiempo atrás, yo también me sentí insultada —*a mi pequeña árabe*— y que, desde entonces, me sentía prisionera de esas palabras, que se habían convertido en un ruido interior ensordecedor y seguía resonando como un eco que no cesaba de repercutir en mí, llegando a no oír más que eso. Le dije que sufría la aprensión, el temor creciente, de que las personas de mi alrededor, en el instituto, en el bus o incluso en la calle, notaban y luego escuchaban, a su vez, nítidamente, esas palabras que hablaban de mí, me definían, me limitaban, decían menos *quien* que *lo que yo parecía ser,* y que esas personas acababan creyendo esas palabras y no a mí.

Se produjo un largo silencio. Y Lætitia, que se había interrumpido, volvió, lentamente, a rebuscar en los armarios.

Añadí: sabes, Lætitia, lo que te han dicho a ti, que eras una chica fácil, y lo que me han dicho a mí, es lo mismo, es un insulto.

Lætitia me miró largamente, sin decir nada, y se fue del cuarto de baño con las toallas limpias en la mano. Yo me quedé sola en ese cuarto de baño, con las manos apoyadas en el borde del lavabo frente al gran espejo, qué estúpida e ingenua había sido, lamentando ya el haber hablado, el haberme desvelado.

En lugar de sobres marrones, en los últimos meses de aquel último curso de bachillerato, en mi mesa descansaban, sujetas con un clip, las fotocopias de unas páginas de *La doble ausencia. De las ilusiones del emigrado a los padecimientos del inmigrado*[2] del sociólogo argelino Abdelmalek Sayad, al que había descubierto por casualidad en mis búsquedas en la biblioteca municipal. Unas fotocopias arrugadas que yo recorría con la mirada, leyendo, no tanto los párrafos de los textos, como lo que sus títulos dejaban adivinar: «El pecado original y la mentira colectiva», «Una relación de dominación», «Las equivocaciones del ausente» o también «El peso de las palabras».

Podría no haber sido más que un texto corriente, semejante a otros muchos, sobre el que pasaría una mirada distraída, sin siquiera detenerme, olvidándolo sin más, pero eso habría supuesto no tener en cuenta esa predisposición grabada en mí, desde hacía mucho tiempo, de querer comprender a Hania y a Mohamed, comprenderme a mí misma, comprender esa devoción familiar que nos ataba los unos a los otros, esa comunión magnífica y a la vez terrible, que, a través de los momentos más difíciles de nuestra existencia minoritaria, nos proporcionó

2. Barcelona: Anthropos, 2010, traducción Enrique Santamaría Lorenzo (coord) (N. T.).

la creencia de que, aunque vivíamos en *casa de otros,* entre nosotros, estábamos en nuestra casa.

Y cuando leí aquellos títulos y los largos párrafos que se relacionaban con ellos, se produjo un fulgor tremendo en mi corazón. Una alegría.

Después, hablé de aquella alegría a amigos, profesores, compañeros, que se apresuraron a decirme que era eso lo que los grandes autores nos ofrecían: la posibilidad de una presencia. Y más aún: la garantía de una representación. Pero todos se equivocaban si pensaban que me había alegrado por tan poco, por un reconocimiento, yo que ya quería a mis padres, y ellos que no sentían ninguna necesidad de ser reconocidos —¿y por quién?—. No, lo que me ofreció Abdelmalek Sayad fue mucho más grande que eso, absoluto. Fue la posibilidad de leer escrito por él un horizonte más amplio que la ausencia de menosprecio, más rico que la promesa de un título, una posición, una función, un lugar, fue vislumbrar la posibilidad de una autonomía, de lo libres que habríamos sido, Hania, Mohamed y yo, y muchos otros más, rompiendo con la cortesía y destruyendo todas las máscaras, todos las simulaciones y todas sus orígenes.

Leí y releí aquellos capítulos, subrayé párrafos, rodeé con un círculo expresiones, palabras, garabateé comentarios entre líneas y en los márgenes. Memoricé, por su brillantez, frases de construcción compleja, laberíntica, que oscurecían incluso el sentido de la idea expresada, aunque captar ese sentido no era solo imperioso, sino gozoso a la vez. Aquel fulgor en el corazón nació de una alegría mezclada con la impaciencia y la excitación de ver que cosas que se mantenían secretas se me revelaran así. Lo sentí como un derecho: el de ser informada de cosas que nos concernían a Hania, a Mohamed y a mí. Como un deber también: tenía que entender lo que Abdelmalek Sayad había comprendido de sí mismo, de aquellos hombres y aquellas mujeres con quienes conversó largamente; en resumen, lo que había comprendido de nosotros, y desde ahí acceder, finalmente, al principio de nuestras vidas, descubrir la verdad, la única que cuenta, la nuestra, superior a todo.

En aquel tiempo, nos amenazaba la urgencia material. Las agencias de trabajo temporal tenían muy pocas horas de limpieza que ofrecer, y mis padres sufrían la situación. Nuestra *forma* de vida consistía en luchar por todo. Seguíamos en vida, sí, participábamos en la vida, en su movimiento y perpetuación. Lo biológico estaba así asegurado. Pero siempre, en lo relativo a esa vida, seguía presente la sensación de aislamiento, distancia, alejamiento. No vivíamos la vida, nos matábamos para que la vida siguiera, para que durara. La vida seguía siendo la orilla a la que llegar, la tierra que conquistar. Y aquel libro *La doble ausencia* —yo tenía entonces diecisiete años— lo que hizo fue darle sentido, un sentido inesperado, durante tanto tiempo oculto, a ese ambivalente sentimiento de vivir y no vivir. Ese libro proyectó sus luces sobre mis miedos, mis dudas, mis recelos. Entre mis manos devino en cartografía de nuestra vida. El mapa gracias al cual pude partir a la búsqueda de nosotros mismos.

Querer comprender ese principio de necesidad y lucha que organizaba nuestras existencias poscoloniales y populares me hizo sensible a la *teoría,* ese trabajo doloroso, pero satisfactorio, de explicitación de las experiencias colectivas, hasta el punto de que esa relación recién nacida a las ideas y a su mundo se hizo, ella también y a su manera, una relación necesaria.

Experimenté la necesidad de saber, y ese saber debía ser útil, práctico y eficaz. Llegué a creer, en mi juventud, que la teoría gozaba del poder de los besos, las plantas y las oraciones, quiero decir del poder de *sanar* y *transformar*. Y cuanto más dominara, pensaba yo, aquella ciencia de la abstracción, más llegaríamos a afirmarnos, arrancándonos para siempre y colectivamente de la arbitrariedad de las vidas dominadas, sin querer por nuestra parte dominar nada, solo mantenernos bajo la bandera adecuada, dándonos nuestras propias leyes, liberándonos.

Agazapada en mí, conservo esa impresión lejana y próxima a la vez de que las palabras no bastan para expresar —pero sé que quienes la han experimentado me comprenderán—, la impresión de haber estado, en aquella época, atrapada en cuerpo y alma en la excitación de la ira y la indignación que aparecen cuando nace la ardiente convicción de que la justicia, todas las formas de justicia, podrían obtenerla todas y todos aquellos que la reclaman. Este es el recuerdo que guardo, que no me abandona, un recuerdo muy querido, el recuerdo de haber sido *ayudada* por Abdelmalek Sayad a acabar con la vergüenza para siempre, hasta el punto de no volver a sentir vergüenza, ni la vergüenza de haber tenido vergüenza, sentir sencillamente amor por los míos y las mías en el corazón de este gran mundo que es, también, el nuestro.

Así que me veo, unos días después, entusiasta y feliz, yendo a ver a uno de mis profesores, cuando todos los alumnos se habían ido, y entregándole las fotocopias de la obra para que me hablara más de ella. Es sociología, me dijo, ya sabe, la ciencia que estudia la sociedad. Y las siguientes palabras: cuando termine el bachillerato, puede matricularse en la facultad de ciencias sociales.

Esas breves palabras, envueltas en el halo de una autoridad mágica, las hice mías apenas pronunciadas, intuyendo en ellas ingenuamente la indicación de un camino, por no decir de una salida.

Tras esta breve conversación, me invadió un inmenso entusiasmo: la alegría profunda y fresca de saber que, pronto, el instituto se acabaría. Pronto, pensaba, todo quedará lejos. Aquel bus, el 38, el trayecto hasta el instituto, el portalón, el patio central, las aulas, los alumnos y los profesores. Y todo se borrará también. Todo, me decía, todo desaparecerá como si nada de todo aquello hubiera existido nunca. Me olvidaré de todo, desde el nombre de las calles bordeadas de edificios burgueses, al nombre de las chicas y de los chicos, y hasta de sus caras. Y también yo seré olvidada. Archivarán mi expediente académico, tirarán las fotografías de fin de curso y adjudicarán mi casillero a otro alumno. No quedará huella de mí cuando todo vínculo se haya roto.

Y eso me hacía muy feliz.

A menudo he llegado a decir que mi vida tras aquellas palabras pronunciadas por un profesor —podría usted matricularse en la facultad de ciencias sociales— había tomado una dirección particular. Aunque tenía la sensación, muy ingenua todavía, de haber tomado una decisión —he hecho mi *elección*—, no era consciente de todas las otras elecciones que dejaba de lado, que se habían como hurtado a mi mirada y a mi consciencia. O más bien, todas las otras elecciones que no me habían propuesto dado el peso de un veredicto social que me sobrepasaba, me precedía y precedía a Hania y Mohamed, un veredicto social cuya fuente se encontraba en el centro mismo de las clasificaciones, jerarquías, categorizaciones históricas que se habían perpetuado hasta alcanzarme tan profundamente que yo no percibí los daños hasta pasado el tiempo, cuando ya era demasiado tarde.

Pero antes, mucho antes de que esto se me hiciera evidente, en el tiempo de las ilusiones y la fascinación, la violencia simbólica en todo su esplendor, yo estaba dominada, sabéis, por el sentimiento de que una nueva vida que comienza es una vida antigua que irá acabándose. Y ello me alegraba y me entristecía.

Sentada en el borde de la cama, incliné la cabeza en dirección a la puerta de la habitación. Una rayita de luz se proyectaba en la pared. Era Hania. Hania en la cocina. Fui entonces con Hania. Me recogí el pelo, remangué las mangas de la túnica de algodón que llevaba y metí las manos en el fregadero, mientras que ella, Hania, seguía fregando el suelo con una balleta mojada.

¿Cómo me habló? Sin mirarme, con la espalda encorvada, dando pasos hacia delante y hacia atrás, saliendo del cuarto y volviendo a él. Pero no era hablarme a mí. Al principio fue un hablarse a sí misma, reconstruir el hilo de su jornada, echar las cuentas, hacer el balance, pensar en mañana, lo que sería importante que hiciera ella mañana. Así habló Hania, en voz baja, sin que pareciese que quisiera hablar. Estuvo hablando sola hasta que yo dije una palabra, entonces, de golpe, Hania se volvió. Y nos hablamos. Sigo viéndola, a esa madre, mi magnífica madre, pasándose la mano por sus cabellos negros, lisos y brillantes. Y me río con ella y le digo: dame tu pelo, Hania, tu pelo abundante y hermoso, ayúdame a ser, por una vez en mi vida, guapa como lo eres tú todos los días. Y Hania meneó la cabeza. Hania dijo: Dios mío, mira que eres boba.

Después se hizo el silencio.

Con frecuencia, se me ocurría decirle a Hania cosas tales como: estoy aquí. O: no te preocupes, encontraremos una solución. O también: conseguiremos el dinero a tiempo. Estaba cerca de ella. Podía tocarla. Nuestros cuerpos estaban juntos. Yo sufría con sus penas y me alegraba con sus alegrías. Y ese fascinante sentimiento, que yo estimaba tanto cada vez que lo experimentaba, de imaginarnos ya no como madre e hija, sino como hermanas.

Durante mucho tiempo, imité los gestos de Hania para arrancar de sus manos los gestos que hacían de ella una madre. Imitándola así, yo quería que mis manos se convirtieran en las manos de una hija que ayuda a su madre. Buscaba esa fusión. No sabía cómo vivir alejada de aquel regazo.

Creí que mi trato frecuente y precoz, intenso y regular, con el *otro* mundo —el mundo de las escuelas católicas privadas, las bibliotecas, los estudios, los libros— solo era la manera de hacer realidad el sueño de Hania y Mohamed: que yo fuera y siguiera siendo una buena chica en un mundo malo. Una manera, también, de ofrecer a Hania y Mohamed un futuro, el mío, que daría sentido a su sacrificio, llegaría a sublimar lo que la vida, en aquel momento, en aquel país, tenía de injusto, doloroso e indignante. Y pensaba sinceramente que una vez recompensados Hania y Mohamed de los esfuerzos de una vida gracias a mi título —de bachillerato del que pronto me examinaría y esperaba obtener— seguiría siendo su hija, y solo su hija, imbuida para siempre de la alegría del sacrificio, feliz de cumplir con mi misión familiar. Imaginaba que encontraría cerca de donde ellos vivían un trabajo y un piso y me establecería allí. Hania y Mohamed me visitarían con regularidad. Y nos veía a los tres en el salón, tomando una taza de té o de café, comentando en voz alta el telediario, hablando de todo y de nada. Y, tarde, al anochecer, sentados juntos en el sofá, veríamos la película de la boda de Hania y Mohamed, diciendo al unísono: lo bien que estaba todo y lo sencillo que era

Pero aquella tarde, con las manos metidas en el agua jabonosa, no supe ni pude decir nada. Nada. Pues tras tantos años de vivir junto a Hania, envuelta en su presencia, compartiendo su mundo íntimo, puesto que nuestras vidas eran solo una, cómo decirle ahora lo que sentía: que me transformaba en algo que no era su *hija,* ni tampoco esa *madre,* ni esa *hermana* que llegué a ser para ella bajo los efectos de un amor que desbordaba sus propias fronteras.

Y eso en lo que me transformaba me costaba definirlo, aunque solo fuera entreverlo, pero sentía, ya, la separación, o al menos el desplazamiento, el alejamiento al que aquello podía conducir.

Y mientras secaba la vajilla con un paño de algodón y colocaba en la alacena de madera cada vaso, cada plato, cada tenedor, cada cuchara —con Hania a unos pasos de mí—, calibraba hasta qué punto descubrir la sociología gracias a los textos de Abdelmalek Sayad y escucharme a mí misma decir, una mañana, que eso se enseñaba y se estudiaba me había desorientado. ¿Dónde estaba mi sur, mi madre, a partir de ahora? ¿Dónde estaba yo? ¿Por qué ya no estaba ahí donde siempre había pensado que estaría, *únicamente junto a los míos*? ¿Y si yo estaba lejos, en cuerpo y en pensamiento, dónde estarían ellos?

Temía, también, el juicio que se formarían Hania y Mohamed sobre el futuro que yo me había *elegido*, un futuro abstracto, sin contorno ni forma, insignificante y quimérico, tan abstracto y vacío como puede serlo la palabra «sociología», que suena mal, suena falsa en los oídos de los padres, de mis padres, que solo creían en la vida de verdad, la vida real, concreta, la vida poscolonial, material, aquí.

Pero no querría detenerme aquí, en el umbral de la constatación del miedo de traicionar que una vez fue mío, sino hablar de lo más importante: que ese sentimiento de traición, en realidad, no tenía nada de natural, de *ineluctable,* de obligado. Que nunca la traición y la vergüenza, que es su sombra, ha sido el destino propio de un grupo, de una clase. Decir que yo no debería haber experimentado nunca esos sentimientos, ni haber tratado de domesticarlos, ni de superarlos. Pues esa impresión de traicionar solo ha sido producto del orden desigual y jerárquico de los mundos. Y si no he creído traicionar, y no he podido soportar ese peso, es porque en mí, en alguna parte de mí, no sé dónde, había terminado creyendo en el orden de cosas, había acabado ratificando ese orden que suponía la existencia de mundos inferiores y mundos superiores. Y aún más, había adoptado esa imagen de mí misma, hecha de pura violencia, la imagen de la que nació la traición, la vergüenza de traicionar, la imagen que jamás debió ser mi imagen, pero que, sin embargo, lo ha sido y de la que he ido aprendiendo a desprenderme, la imagen de una hija que, al alejarse de sus padres, solo podía elevarse por encima de ellos, cuando, en realidad, acabar con el control absoluto de las jerarquías era lo que habría sido necesario.

Recuerdo haber buscado, en aquella cocina, la mirada de Hania, que, junto a mí, iba de acá para allá, cerrando, con un empujoncito, puertas y cajones de la alacena, colocando luego cuidadosamente las sillas en torno a la mesa. Pero Hania no me prestaba atención. Otra vez parecía sumida en sus pensamientos.

Entonces, sin decir nada, me fui de la cocina.

El día del inicio del curso universitario: un día mágico, libre.

Me quedé prendada, me impresionaron cosas muy simples. El sendero de piedras blancas que tomaban los estudiantes y las estudiantes que venían de la parada del tranvía cerca de allí, el edificio prefabricado de grandes puertas batientes, la gran explanada frente a lo que pronto descubrí era la facultad de Derecho. Sus grandes estores rojos y azules. Impresionada también por la extensión de césped, el campo de futbol, y, más allá, los robles y los bancos de madera bajo los robles. Y, allí, alojada en un edificio sin gracia, de ventanas viejas, sucias y deterioradas, la facultad de Ciencias Humanas. Recuerdo que en la primera planta se encontraban los departamentos de didáctica y lengua y, en la segunda, los de antropología y sociología.

Una imagen ha permanecido intacta en mi recuerdo: la imagen de un largo pasillo de paredes claras —las sigo viendo nítidamente— al final del cual se distinguía un grupo de unas diez personas.

A los chicos los reconocí de lejos. Por sus risas estridentes, la actitud desenvuelta, el cigarrillo prendido detrás de la oreja, la pulsera dorada en la muñeca y, también, por su manera de llevar los pantalones de chándal con los bajos metidos en los calcetines blancos y por sus deportivas. Era la moda de entonces.

Las chicas estaban allí, entre los chicos. Cada chica era única. Algunas llevaban un velo claro y liso. Otras, unos velos superpuestos formando bandas en capas. Y otras llevaban el pelo sujeto en una cola de caballo, en un moño bien apretado, o con la melena suelta. Y, en el cuello, cadenas adornadas con perlas nacaradas, colgantes en forma de corazón, manos de Fátima, flores. En las orejas, aros grandes plateados, dorados o trenzados, que resaltaban la prestancia de sus cabezas.

En aquel pasillo me acerqué a las chicas y, durante un buen rato, las estuve observando.

Sin que ellas se dieran cuenta, según lo que la distancia y el movimiento me permitían distinguir, fijaba la mirada en la curva abultada de sus pómulos cobrizos, en la redondez del mentón, unas veces sobre los cabellos rizados, otras sobre la caída elegante del velo, o sus trenzas largas. Buscaba en cada uno de los rostros el secreto de la perfecta armonía que se evidenciaba en ellos. Observando los rasgos del rostro, la belleza de esos rasgos y la estética general que se desprendía de ellos, me preguntaba qué se hacían en el rostro, sobre todo en la tez, al levantarse por la mañana y al acostarse por la noche, y qué era lo que confería aquel esplendor a todo su ser.

Y qué decir de los ojos de las chicas.

Una sombra negra, irisada, resaltando los ojos de las chicas, acentuaba su forma, la agrandaba, la alargaba. Un negro que pintaba unos ojos de carbón, oscuros y profundos, unos ojos más grandes, más fuertes, unos ojos a los que solo cabía admirar, amar, hasta ser amado por ellos. Unos ojos sobre todo dulces, unos ojos como yo imaginaba que fueron los de Hania, un día, cuando Hania era joven, unos ojos como los que soñaba tener yo. Y, por fin, parecerme a esas chicas, parecerme a mi Hania.

Y por qué no decirlo: la belleza de aquellas chicas me obnubilaba porque acababa de recubrir totalmente los antiguos modelos de otra belleza, la belleza blanca, que durante tanto tiempo yo había considerado como la verdadera, la única belleza en el mundo. Y descubría, ahora, que otros ojos, otros rostros, otros cabellos, otras pieles y otros cuerpos podían aspirar y aspiraban con todas sus fuerzas a la belleza, también ellos.

Y aquella gracia de las chicas, aquella gracia de los chicos. Gracias arrogantes, fundidas en unas estéticas, unas presencias, unos estilos peculiares, que me conmovían, me fascinaban.

De algunas chicas y algunos chicos conocía sus apellidos, los nombres, suyos y de sus hermanos y hermanas, de sus padres y de sus abuelos, incluso sus direcciones, sus bloques y sus pisos. Venía de lejos: de la época del colegio Victor Hugo. Al colegio que iban, como decía con acritud Hania, las chicas malcriadas y los golfos.

Y hete aquí que tras años de *separación,* volvía a encontrarme con ellos.

Y a aquellas y aquellos chicos, mis compañeros de promoción, los suponía fuertes, unidos, queridos y que se querían. Y verlos así, tan unidos, solidarios, compartiendo una complicidad sin igual, me devolvía a la dureza de mi soledad.

De niños íbamos por el mismo camino, pero, después, al empezar la secundaria, el camino se dividió en dos vías distintas, debido a una drástica selección social con apariencia de elección mágica. Imaginaba yo —no sin el romanticismo de una mirada lejana y fascinada— que aquellas chicas y aquellos chicos habían permanecido fieles a su mundo natal, siguiendo una línea recta dentro de las fronteras protegidas de aquel mundo, mientras que yo había traspasado esas fronteras en un sentido por las mañanas y en el sentido inverso por las tardes. En realidad, yo me había agotado en desvíos y regresos, en ascensos y caídas. Agotada por un exilio escolar cuyo efecto fundamental fue reforzar mi pertenencia original e íntima y, sabéis, hizo nacer así en mí, en aquella época atormentada, una suerte de *nacionalismo familiar* —mi familia, mi nación. También, una conciencia temporal y espiritual de la revolución que había llevado a cabo, desde la infancia al final de la adolescencia, de ese giro completo sobre mí misma, tan baldío a mis ojos, pero tan tranquilizador a ojos de mis padres y cuyo final fue lo único bueno.

Ya está, se acabó para siempre el exilio, me dije, aunque sabía que nunca me había ido, a pesar del sentimiento de estar de regreso. Puesto que si nuestros caminos se habían separado, alejándonos a los unos de los otros, hoy, en aquel bendito lugar que era la universidad, se habían vuelto a encontrar. Así que me alegraba de ese reencuentro inesperado del que fui la única en celebrarlo en secreto. Y aunque mi alegría no pudo expresarse en voz alta, ni hubo nadie a quien abrazar, ni nadie que me dijera por fin has vuelto después de tanto tiempo, no por ello mi alegría fue menor.

En cualquier momento del día, nos gustaba sentarnos en los escalones de piedra del jardín interior de la universidad. Un jardín cerrado, rodeado de grandes ventanales acristalados: uno daba a la biblioteca universitaria y el otro al corredor y al anfiteatro central. Era estar juntos, con los compañeros y la compañeras. Era hablar largo y tendido de todo y de nada, pasándonos de mano en mano latas de bebidas gaseosas, repasando en voz alta, escuchando música. Sentados en los escalones del jardín, con los hombros y las rodillas rozándose, de vez en cuando cogíamos la mano de uno o de otra y leíamos el porvenir en su palma: tendrás un buen trabajo, marido e hijos; ganarás mucho dinero y comprarás una casa a tus padres; y tú harás la peregrinación y no estarás enfermo nunca.

Era octubre, tal vez noviembre de 2004.

Una ley que se acababa de votar prohibía llevar el velo a las alumnas de la escuela pública. Y, claro, mis amigas y yo hablábamos de ello sin parar, durante el almuerzo en la cafetería, entre clase y clase, tomando un café, y, por las tardes, por teléfono. Cada artículo que aparecía en la prensa local o nacional a propósito de esta ley, nos apresurábamos a conseguirlo y, juntas, con el periódico sobre las rodillas de una de nosotras o sobre una mesa, lo leíamos. Podía ocurrir que no comprendiéramos algunas palabras o expresiones, entonces investigábamos en la biblioteca. A veces pedíamos a algún profesor que nos lo aclarara.

Algunas lecturas resultaron insoportables. Eran un insulto a la inteligencia. Daban rabia. Rezumaban ese racismo que, desde siempre, acompañó como una sombra a los pueblos colonizados en su propio país y, después, a los pueblos inmigrantes en el país del antiguo colonizador. Y cada vez sentíamos en lo más profundo de nosotras esa guerra interior a la que nos veíamos abocadas, sin tener todavía las palabras para expresarnos y acusar. Nosotras, las chicas musulmanas, hijas de madres y de padres musulmanes, hermanas de hermanos mulsumanes, de cultura, cuerpo, alma y sangre musulmanes, como algunas mujeres y algunos hombres reunidos en comisión lo creían y querían hacerlo creer.

Conservo en mi recuerdo, estimadas y añoradas, aquellas incansables conversaciones serias e inquietas que teníamos. Hablábamos de nosotras, de nuestro futuro, de qué sucedería sin un día esa ley, cuyo objetivo era la escuela, se extendía a la universidad, las empresas e incluso la calle. ¿Qué espacio permanecería abierto? ¿Dónde irían mis amigas? ¿Cómo vivirían? Algunas estaban furiosas. Otras tenían miedo.

Después, llegaba el momento en que, como nuestras preguntas no hallaban respuesta, bajábamos la mirada, suspirábamos y nos callábamos. Aquel encerrarse en una misma dejaba al descubierto tanto una oposición como un agotamiento. Pues ¿qué podíamos hacer nosotras frente a aquello que no era la primera señal del rechazo de considerar a los árabes, mujeres y hombres, como iguales, y que *como muy bien sabemos ahora,* no ha sido ni mucho menos la última?

Y, una tarde, cuando abandonábamos el jardín y nos dirigíamos a la parada del tranvía más próxima, apareció, bruscamente, un hombre en medio de la gran explanada normalmente desierta a aquella hora tardía. El hombre, del que solo percibíamos una vaga silueta, caminó hasta llegar a nuestra altura, uniendo sus pasos a los nuestros y sin dejar de llamarnos: ¡eh, chicas, chicas!, y gritarnos, mientras nosotras acelerábamos el paso y tratábamos de dejarlo atrás: eh, árabes, nada de velos, quítate el velo, quítatelo ahora mismo. Y asestó un puñetazo brutal en la cabeza a mi amiga.

Aquello de lo que veníamos hablando día tras día —del peligro de ser un blanco a fuerza de presentarnos públicamente como un blanco—, en una fracción de segundo, lo acabábamos de vivir. Agrupadas al abrigo de la parada del tranvía, abrazando a nuestra amiga, permanecimos desconcertadas un buen rato, mirándonos unas a otras sin comprender lo que acababa de suceder, mirando a derecha e izquierda, con el rostro cubierto de lágrimas, conmocionadas por los insultos y el brutal golpe, sin saber qué hacer, a quién llamar, a nuestros padres, hermanos, compañeros, profesores, a la policía. Al final, no llamamos a nadie. No había nadie. Solamente nosotras.

Racista, gritamos, *racista*.

Poner en el punto de mira *el* velo fue para aquel hombre apuntar a nuestra piel, la de mi amiga, la mía, la piel de todas nosotras. Era nuestra piel el objetivo de ese hombre y entonces la emprendió con el velo. A sus ojos, creo yo, el velo hablaba del color, del valor de la piel. La piel había traspasado el tejido. El velo se había teñido del color de nuestra piel. Nuestra piel había acabado por superponerse al tejido.

Aquella experiencia, la experiencia de ser el blanco de un insulto racial, la experiencia de ser agredida, no era tan solo una experiencia contingente, casual, accidental, incluso aislada. Era una experiencia vivida por muchas mujeres y muchos hombres que nos habían precedido: hablo de los cuerpos de nuestros ancestros en las colonias, del cuerpo de nuestros padres en la metrópoli. Una experiencia vivida ya y que se repetía y nos hería a nosotras, sus hijas. Una experiencia que no cesaba de reproducirse, bajo diversas formas, reconfigurándose incansablemente según los contextos. Y que así perduraba a través del tiempo. Otras palabras, otras prácticas, otros contextos, pero, bajo el disfraz, reconocíamos siempre la violencia.

En el camino de vuelta, la rabia que habíamos sentido no la recuerdo. No necesito recordarla. Sigo sintiéndola. El tiempo no la ha afectado, no la ha menoscabado. Aquel sentimiento sigue estando presente, sabéis, justificado continuamente y continuamente combatido.

Coches de policía estacionados más abajo. Otros patrullando. Chicos a todo correr, gritando. Madres en las ventanas, con el cuerpo inclinado hacia fuera, ofrecido al vacío, gritando, ellas también, palabras incomprensibles. De aquel final de octubre de 2005 esto es lo que aún recuerdo: una agitación poco habitual, inquietante, en Elsau. Un inmenso desorden. Y el aire. Pesadez en el aire. Murmullos, por todas partes, voces despavoridas. Y la noche con su ración de miedos. Todas y todos nosotros éramos siluetas caminando a buen paso por los caminos pedregosos que conducían a nuestras casas. El dolor seguía ahí, afluía y refluía. Pero nadie supo reconocerlo de lejos. En realidad, nadie supo ni quiso comprender que algo —y era la historia— *recomenzaba.*

Y reunirme con Hania y Mohamed.

Estaban en el salón, sentados uno al lado de otro en el sofá, inclinados hacia delante, con los codos apoyados en las rodillas, las manos juntas sosteniendo la cabeza y la mirada clavada en el televisor. Sin decirme palabra, se juntaron y me hicieron sitio a su lado. Nos veo así, inmóviles, pendientes de aquella voz en *off* que, en planos de trávelin, relataba, una y otra vez, según las noticias hasta entonces conocidas, con tono monocorde, el curso de los *acontecimientos:*

Buenas noches, señoras y señores. Estallido de violencia esta noche en Clichy-sous-Bois tras la muerte de dos adolescentes, que, desconocedores del peligro, se habían escondido en un transformador eléctrico. Se electrocutaron. Se habían escondido para evitar un control de policía. ¿Los estaban persiguiendo? El rumor se propaga inmediatamente. Y vean en lo que se ha convertido esta noche Clichy-sous-Bois: coches incendiados por toda la ciudad, edificios administrativos, bomberos y policías atacados por jóvenes alborotadores.

Tantas imágenes mezcladas: coches de policía, camiones de bomberos, conjuntos de edificios, solares, aparcamientos, parques infantiles, tiendas de comestibles, paradas de autobuses, obras en construcción. Imágenes tomadas de quién sabe dónde ni cuándo ni cómo, pero que se sucedían sin más. A decir verdad, a pesar de mirar fijamente aquellas imágenes televisadas, nos resultaban indiferentes. Unicamente nos importaba la serie dramática de hechos que la voz exponía sin demasiada precisión, con frialdad, que, bajo el efecto del asombro, no conseguíamos entender el sentido.

Solo hablaba Hania. En voz alta, comenzando una frase, interrumpiéndose, volviendo a empezar. Hablaba para sí misma, repitiendo, confusa y aterrada, pero qué es lo que ha pasado. Y la dolorosa pregunta: ¿dónde están los chicos ahora?

Los comentaristas de la muerte seguían comentando. Los periodistas, todo lo que decían, cómo lo decían y en qué tono —era la policía la que nos hablaba, defendiéndose ya de haber hecho daño a los niños—, y nosotros no podíamos decir nada, replicar nada, prisioneros como estábamos de las imágenes, de las palabras. Y solo hablaba Hania. Parece que la estoy viendo, con la cabeza alta, la espalda recta y las manos hundidas en el delantal, volviéndose hacia su marido, hacia mí, preguntándonos si entendíamos lo que estaba pasando.

Comprender, sí, que en Chêne-Pointu, durante las vacaciones de otoño, en el mes sagrado de ramadán, Zyed Benna y Bouna Traoré habían echado a correr por un solar municipal abandonado, tratando de huir de la policía —siempre la policía— y estaban muertos.

Y luego, de todas partes, en lo más hondo de muchísima gente, nació la tristeza, llegó la tristeza. Fue como una gran ola que se alzó toda aquella tristeza que nos embargó a Hania, Mohamed y a mí, ¿y a cuántos millones de familias más? Fue así como comprendimos que, ahora, toda la cotidianidad, la vida, el futuro, sería sin ellos, sin aquellos dos niños.

Aún hoy, la ola de tristeza no se ha retirado, no se ha llevado nada ni se llevará nunca con ella la incomprensión ni la ira. Es una ola, una marejada, un tsunami, a lo que muchos de nosotros nos hemos enfrentado. Formamos una comunidad de experiencia. Y todas las personas a las que aquel dolor abatió pertenecen a esa comunidad. Y como de un olvido imposible, un olvido negado, hablamos de Zyed Benna y Bouna Traoré.

A la mañana siguiente, una vez terminado el rezo, no sé quién, Hania o yo, dijo: tenemos que ir ahora —quién tuvo, sí, ese impulso milagroso, *político*. Y fue levantarnos, ponernos rápidamente las chaquetas y salir.

Anduvimos con paso ligero por el camino sinuoso que conducía a las inmediaciones de Elsau. El aire seguía impregnado de una violencia sorda que todos temíamos que terminara estallando a plena luz. Que la revuelta ganara pronto el este, arrastrando en su estela destrozos y coches incendiados, más aún que en Nochevieja.

Por el camino, cada vez que Hania se encontraba con una mujer que conocía, aunque fuera lejanamente, se paraba para saludarla y, con unas pocas frases —son hijos, y nosotras somos madres— acababa convenciéndola para que viniera con nosotras al centro sociocultural. En el espacio de apenas unas calles atravesadas, se nos habían unido cuatro o cinco mujeres.

De lejos, se podría haber pensado que se trataba solamente de unas mujeres, unas conocidas del mercado, unas compañeras de trabajo, que caminaban en grupo, sin prisas, por las aceras llenas de baches, con los pañuelos anudados a la cabeza y el bolso contra el pecho. Sin embargo, estando más cerca de aquellas mujeres, como yo estuve, se dejaba ver bien a las claras que, en realidad, eran unas madres presas de una profunda ira y que querían abrazar aquella ira ahora. Y vi crecer en cada una de ellas el deseo de hablar de la muerte de los niños, y, como todavía no podían decir nada de eso, solo podían sufrirlo, se contentaban con repetir: con lo guapos que eran esos niños, lo responsables en la escuela, y sus padres, los pobres.

En el vestíbulo del centro sociocultural, entre el mostrador de recepción y la puerta lateral que daba a un salón de fiestas, se había reunido un grupo de mujeres —entre ellas la madre de Ahmed— rodeadas de sus hijos. Unas se dedicaban a fotocopiar, en muchos ejemplares, la fotografía de los dos muchachos; mientras otras, arrodilladas en el suelo, hacían unas rudimentarias pancartas con trozos de cartón, palos y cola sacados de los trasteros, y en las que se podía leer escrito en rojo: «Policía por todas partes, justicia por ninguna», o también «Justicia para Zyed y Bouna».

Tomad, tomad, repetían.

Y mirad a Hania, que ahora está en la explanada del centro sociocultural, con un panfleto en una mano y en la otra una pancarta, aterrada pero valiente al mismo tiempo. Hania rodeada de decenas de otras madres que, como ella, esperaban.

Y debería haberse tomado una fotografía aquel día. Una fotografía de aquellas madres árabes y aquellas madres negras, juntas como nunca lo habían estado antes. Una simple fotografía, de lejos o de cerca, incluso de mala calidad, para que recordáramos, como solo las imágenes a veces lo permiten, que aquellas madres estaban allí, presentes las unas por las otras, por esos hijos desaparecidos, que, sin ser suyos, eran suyos. Una fotografía como archivo material de lo que significaba ser una madre así, en un país así. Aquella amenaza, aquel miedo.

Y me gusta recordar —y es lo que recuerdo más y mejor— el momento en que la comitiva, sin que nadie se lo esperase, tan divididas estábamos en varias conversaciones, de pronto, se puso en marcha. Habría podido proceder de la tierra bajo nuestros pies esa gran sacudida, si no hubiera tenido su origen cierto en los temblores de nuestras propias piernas. Unos escalofríos, sabéis, que devoraron entero nuestro cuerpo.

Y las madres se giraban, se volvían a dar la vuelta, presas de una furia que aumentaba a medida que avanzaban.

La policía, advertida de nuestra manifestación por los vecinos, supongo, nos seguía de lejos. No mires, decían las madres a sus hijos. Y no te sueltes de mi mano.

En cuanto aparecieron la larga fila de plátanos y las grandes tiendas de ropa, las madres ralentizaron el paso. Cuando todavía no habíamos alcanzado el punto de encuentro, vimos que ya, del otro lado del puente, otras muchas comitivas afluían y se concentraban. De toda la ciudad habían venido otras madres y, para quien las miraba de lejos, parecían cada vez más numerosas. Cuando por fin nos llegó el turno a nosotras y alcanzamos la comitiva principal, Hania atrajo mi atención sobre una mujer —ella, me dijo, es Nora.

Nora: su conciencia lúcida, sus ojos abiertos de par en par, ese trazo negro intenso que intensificaba su mirada. Y esa postura, poderosa, que emanaba, imagino, de su ira, cuando la ira se prolonga, cesa el sufrimiento, hace crecer, salir de uno mismo, existir, como esa mujer existía.

Y todas la escuchamos con atención:

Nos acusan a nosotras, a las madres. Dicen que no hacemos que nos obedezcan nuestros hijos. Eso dicen los asistentes sociales, los enseñantes, los médicos, los jueces, los policías: vigílenlos, no se rindan, ayúdennos a ayudarlas. Pero no hay que creerlos. Somos unas buenas madres. Somos las únicas madres de nuestros hijos.

Y prosiguió Nora:

Si no estamos presentes para nuestros hijos es porque trabajamos, día y noche, criando a los hijos de otras. El colegio, la policía, la justicia organizan la vida diaria de nuestros hijos. Trabajan de la mano contra nuestros hijos. Y nosotras no estamos ahí. No vemos nada. No sabemos nada. Horas de espera en los pasillos de institutos, comisarías, tribunales. El mismo pasillo, el mismo ir y venir que todas hemos hecho, el mismo café en las mismas máquinas, los mismos vasos en las manos de las mismas madres. Lo que luego escriben ellos a propósito de nuestros críos en los expedientes a los que nosotras no tenemos acceso los perseguirá para siempre. Un crío, un expediente. Y ahí estamos nosotras, aleladas, sin saber ya qué decir, repitiendo: pero ese no es mi crío, no sé de quién están hablando, pero ese no es mi crío. A lo que ellos responden: es que usted no lo conoce, no sabe de lo que es capaz, lo peligroso que es su hijo. Nos sacan de la vida de nuestros hijos para sacar mejor a nuestros hijos de la vida. ¿Dónde está la infancia de nuestros hijos? ¿Dónde la juventud de nuestros jóvenes? Tenemos que ir a la búsqueda de esa infancia, de esa juventud. Ese tiempo, el tiempo de nuestros críos, tenemos que preguntar, una vez que se lo han robado, en qué se ha convertido. ¿Qué hacen de los proyectos, de los sueños de los críos? ¿Dónde han ido a parar el trabajo de nuestros críos, su casa, su coche, su boda, su mujer, el hijo del que habrían sido padres? ¿Qué hacen la escuela, la policía, la justicia con las vidas que nuestros críos hubieran podido tener y que no tendrán nunca?

Luego Nora se calló.

Nora, se pasó varias veces la mano por la boca, dio unos pasos adelante y hacia atrás, abrazó a su hijo contra ella y se unió a las otras madres que la acogieron en sus brazos.

Nora, y todas las madres, se temían ahora que los amigos de los dos chicos, los amigos de todos los chicos asesinados por la policía, salieran cuando cayera la noche. Chicos que, sin conocerse, pero que conocían las mismas humillaciones, las mismas violencias, se pusieran juntos a lanzar piedras y adoquines contra los escaparates de las tiendas, de los bancos, contra los coches del vecindario, las escuelas, los gimnasios, para oponerse, con lo único que les quedaba, *con su cuerpo,* a ese orden policial y racial que regían sus vidas, hasta su muerte y más allá. Y a la vuelta de una esquina, temían las madres, los chicos, perseguidos por un coche de policía, correrían cada vez más deprisa, desafiando peligros y riesgos, escapándose para salvar su vida de árabe y de negro, y solo serían, a ojos de la policía, unos fugitivos, unas presas a las que acorralar.

Fue así como las madres, anticipándose a los delitos, decidieron dirigirse a los barrios de S. que sabían que eran los más vigilados por la policía para avisar a los padres y pedirles que velaran para que sus hijos se quedaran con ellos esa noche y las siguientes.

Para quién, para mi madre o para mí, fue lo más repentino, lo más loco —aún hoy lo ignoro—. O bien a ambas nos golpeo al mismo tiempo en el pecho, yo pronunciándola y Hania escuchándola, esta frase: Hania esta noche no vuelvo contigo a casa. Esta noche me quedo fuera, con las madres, con Nora.

Infinito fue mi temor de hacer daño a Hania. ¿Pues cómo evitar que le entrara ese miedo, la angustiara? El miedo a que, en la calle, me pasara algo grave. Le pasara a mi cuerpo violable de chica. ¿Y qué hacer luego? ¿Cómo garantizar en el mercado mi valor a los ojos de los hombres?

Y con la mirada sosteniendo apenas la de mi madre, rodeada por todas aquellas madres, dije: venga, no temas Hania, no me va a pasar nada por quedarme esta noche fuera.

Que Dios te proteja, me respondió.

A menudo, con compañeras de la universidad, en torno a un café o mientras esperábamos que comenzara la siguiente clase, hablábamos de nuestras familias respectivas. Sin decirlo explícitamente, yo contaba la historia de mi vínculo con Hania. Un vínculo tenso, fusional, que, en los últimos tiempos, se hacía cada vez más laso, más lejano. Hania y yo, decía, estamos aprendiendo a querernos de una manera menos invasiva, menos obsesiva, menos asfixiante, tanto es así que ahora podemos hacer cosas cada una sin avisar a la otra. Solo al anochecer, cuando Mohamed vuelve de trabajar y nos pregunta cómo nos ha ido el día, contamos con detalle lo que hemos hecho durante la jornada.

Y proseguía: ese distanciamiento tan solo lo parece. El amor no se ve afectado, perjudicado por esa distancia. El camino que conduce a la isla encantada nunca se borra ni se pierde. Encontrar a Hania y que Hania me encuentre no hay nada más natural y sencillo. Es una inclinación absoluta, una disposición innata, les decía. Es un don que las pruebas, unas tras otras, no han hecho más que hacerlo crecer. Pues ese vínculo que nos une —han sido tantas las veces que nos hemos visto unidas contra la adversidad de la existencia— es el de la sangre sí, pero no solo eso. Ella es mi madre, y yo soy su hija de una forma que, a decir verdad, va más allá e ignora, en verdad, lo que corre por nuestras venas. A veces es esto lo que llego a sentir: si yo fuera la hija de otra madre, y Hania madre de otra hija, no estaríamos menos unidas la una a la otra.

Y Hania, habitante del sumun de la ternura, seguiría siendo mi único amor, y quiero creer que yo sería lo mismo para ella.

Y hablaba con ellas sin poder parar. Decía que, no obstante, muchas veces sentía un deseo inédito, el deseo de abandonar aquel deslumbrante regazo materno. Vivir en aquel islote encantado del amor, *aquel mundo cerrado y perfectamente autosuficiente,* en el que los milagros se sucedían, desafiando con su belleza la fealdad del entorno, no podía durar eternamente. En donde hemos nacido, decía yo, solo podemos morir —pero vivir a veces pienso que no—. He llegado a estar con Hania, en la cocina, muda y acongojada por la vergüenza de pensar que podría estar lejos de allí, en un lugar donde Hania no estuviera. Y si a veces el miedo alcanzaba su punto álgido, en otros momentos se reducía y desaparecía. Solo permanecía la aguda conciencia de esta necesidad: avanzar. Y por ello, continuaba diciendo a las chicas, cada cual debe devolver aquello de lo que se apropió cuando no teníamos nada y era preciso poseer *algo*, poseer a *alguien*, ya fuera una madre o una hija. Yo, la primera en devolver el tiempo, la energía y la atención que tomé de Hania, dado que Hania ha tenido para ella menos tiempo, energía y atención. En suma, devolver a Hania a sí misma. Y que yo también, a mi vez, me reencuentre.

Así que cuando estuve con aquellas madres majestuosas, ninguna de las cuales era la mía, aquellas madres a quienes me disponía a acompañar, mientras dejaba a la mía volver a casa sola, llegué a pensar que aquello debía de ser *crecer,* ser de mi familia y ser a la vez de otras familias, en ese proceso de avance más circular que lineal.

Después, el autobús, el 54, se acercó, redujo la marcha y se detuvo. Las puertas se abrieron ruidosamente, y subimos todas. Por la ventanilla, Hania me hizo un gesto con la mano, y nos sonreímos. El autobús arrancó entonces y se alejó.

No hubo un detonante, un desencadenante decisivo. Estaba ahí, en potencia, como una tensión latente. A veces llegaba a desear llevar solo aquella vida, la mía desde hacía años. Y repetir todos los días los mismos gestos para acompañar los de Hania y Mohamed, asegurarles mi presencia, mis brazos, todo mi cuerpo. Ser su hija, su doble, una red tendida bajo ellos por si se caían al vacío, a la violencia, y rescatarlos, protegerlos de las caídas, caer con ellos, salvarnos. Y estar juntos, parecer una familia, que alguna vez fuéramos realmente una.

Y otras veces me decía: estoy fuera y querría seguir fuera.

Esa aspiración habría sido *menos probable* si, además, en la universidad no se hubiera ido cavando cada vez más una brecha, la brecha sociológica a la que me había precipitado, creyendo vislumbrar una abertura en ella, una ventana, una posibilidad.

Recuerdo: enseñanzas intensas y rigurosas que se prolongaban jornadas enteras. Únicamente, cambiaban las aulas y el nombre de los profesores. Aunque se hiciera de noche, continuábamos trabajando, convocados en torno a un texto de sociología, leyéndolo, releyéndolo párrafo a párrafo. Una lectura de lo más concienzuda, que solía interrumpir el profesor. ¡Explíquenme esa frase de Abdelmalek Sayad! O ¿a qué teoría se refiere aquí Pierre Bourdieu? Y yo no levantaba la mano para pedir la palabra: no hacía falta. Hablaba con libertad, sin vergüenza ni miedo, imbuida —a medida que mi pensamiento se desarrollaba— del sentimiento de que, sentada en aquella silla, en aquel aula de la universidad, estaba en mi sitio.

Las sociologías de la inmigración, de la escuela y de la familia eran las que más me interesaban. En algunos momentos era mi vida, la vida de Hania y de Mohamed lo que los profesores exponían en forma de cuadros, conceptos y nociones. Y yo escuchaba, trataba de comprender la génesis, la estructura, la violencia y la fuerza de la historia a la que me sentía pertenecer.

Los libros divisados antaño en las estanterías de la biblioteca municipal —en aquella época en que a mi amiga Jadiya y a mí nos gustaba deambular entre las estanterías, leer todavía no—, pues ahí me tienes comprando algunos de ellos en la librería Kleber en el centro de S. Y también, en esa misma librería, asistiendo a encuentros y debates: me quedaba al fondo de la gran sala blanca apoyada en la pared o sentada en una silla con la mochila a los pies, atenta y fascinada. Luego, empecé a comprar, por primera vez, periódicos y revistas en el quiosco grande de la plaza Broglie.

En aquellos días, permanecía erguida con el pie en la línea de salida, sin concebir ni tratar de concebir ninguna forma de llegada. Nunca me importó la llegada. No sabía *contar* ni *vivir* hasta tan lejos. Miraba poco hacia el futuro. Avanzaba día a día. *Hacer* cada día lo necesario para ese día y así llegar al día siguiente.

Un tiempo marcado por una tensión que no era tanto la de elegir entre quedarse o irse, sino la de saber cómo continuar a pesar de todo, yo que odiaba la idea de *romper* y que soñaba con una vida en mundos iguales, en los que la igualdad sería el único nivel, una vida total para mí y los míos.

Y, a la espera de esa vida, qué otra cosa podía dejarles a mis padres para compensar la fuerza de trabajo de mis brazos de la que los había privado —yo que durante mucho tiempo pensé que una vez obtenido el bachillerato trabajaría y compartiría con ellos mi salario—. Entonces me decía a mí misma: es preciso que les dé, les entregue, les devuelva, dejarles algo en mi *lugar,* compensar, es preciso sustituirme. *Hay que justificar.* Pues ya no me bastaba ser la niña encantadora, convertida en buena alumna y más tarde en estudiante estudiosa para dar sentido al sacrificio de Hania y Mohamed. Ahora se necesitaba más. En eso consiste el sacrificio, ¿no es así?

Para asumir el hecho de partir, para conseguir decir *me voy,* para irme realmente, tuve que inscribir mi marcha en un proyecto más amplio, más grande que yo, que sería también el proyecto de Hania y Mohamed, como si, al irme yo, se vinieran ellos conmigo.

Tenía una predisposición a *redactar* que el colegio destapó, en el instituto creció y la universidad confirmó. Sabía construir frases y ensamblarlas. Cuidaba de que fuera francés, un buen francés, y, con el tiempo, un francés esmerado y elegante. Me decían: ¡pero qué bien hablas! También: eso que dices habría que escribirlo. Y tonta de mí me emocionaba. Saber escribir normal y académicamente ese era mi *capital* de entonces. Escribir literariamente, pensaba, ya lo conseguiré a fuerza de trabajo.

Pero escribir no fue nunca escribir, incluso sabiendo, incluso gustándome hacerlo.

Carecía de valor. Quiero decir: no daba dinero. Con escribir no se podía comprar nada. Era inútil, más aún, improductivo. ¿Pues cómo iba a dedicar mi tiempo a escribir cuando Hania y Mohamed no tenían tiempo para dormir, comer, cuidarse? Escribir por escribir era odioso. Pero escribir para publicar me pareció algo distinto. Era abrirse al exterior, ofrecía una salida, creaba algo. Un objeto, un libro, que puede tocarse con las manos. Un objeto real, tangible, una mercancía con precio fijo. Todos podíamos ganar con ello, creía.

Y, en lo más profundo de mi vergüenza, la vergüenza de ser una hija que pensaba escribir, me imaginaba lo orgullosos que se sentirían de ver lo que yo había hecho con su apellido. Pensaba: verán hasta dónde lo he llevado, lo he colocado en la cabecera de una cubierta visiblemente. Tal vez entonces eso importaría, equivaldría al dinero que escaseaba. Desde luego que no compensaría totalmente la escasez, pero, al menos, vendría a demostrar que nada en la vida de Hania y Mohamed fue en vano.

Si la necesidad de partir crece de día en día, la de justificar *moralmente* la partida crece aún más. En aquel momento, no *deseaba* escribir. Lo que quería era irme. Y no fue sino valorando las consecuencias que el acto de escribir podría tener sobre mi vida que la escritura me pareció interesante, útil y productiva.

Poco a poco, la idea de iniciar la escritura de una novela —digo «novela» porque, para mí, solo cabía que fuera una obra de sociología o una novela— empezó a tomar forma en gestos, conductas y prácticas, que respetaba escrupulosamente y me gustaba repetir un día tras otro. Me inventé unas reglas sencillas: en cuanto abría la biblioteca universitaria, corría a sentarme en aquella mesa de la tercera fila, cerca del gran ventanal que daba al jardín interior. Sacaba del bolso mi cuaderno, unos bolígrafos y unos libros —entre ellos, recuerdo *La Mirada prohibida* de Nina Bouraoui, *El repudio* de Rachid Boudjedra y *El harén en Occidente* de Fatima Mernissi— y un portátil negro de segunda mano que acababa de comprar.

Una vez enmarcado el acto de escritura en aquella ceremonia —el ritual por el cual hacía un santuario del tiempo y el lugar de la escritura, para dar a la escritura una importancia de la que no me parecía que fuera intrínsecamente portadora—, poco a poco empecé a creérmelo. Creía que aquello valía la pena, que la escritura no haría daño a nadie, que no me robaría a mis padres, sino al contrario, que me los devolvería más aún por el fortalecimiento del vinculo íntimo que nos unía. Me convencía de que la dificultad experimentada, nacida del esfuerzo de escribir, pronto sería barrida por un formidable sentimiento de revancha, incluso de venganza —vengar mi raza— que el acto de escribir me permitiría llevar a cabo. Con la *magia* obrando, mis creencias se convertían en certezas. Necesitaba escribir, dar cuenta de todo lo que habíamos vivido, dicho, escuchado, sentido, pues no era sino para eso que todo había sucedido: para que un día yo dejara constancia de ello. Y que nunca nada de nosotros, tal como existimos, desapareciese.

Así que escribía con menos placer que constancia y aplicación.

El empeño que requería el hecho de escribir —que nunca fue otra cosa que la fuerza para que durara el acto de escribir mientras que todo, la vergüenza lo primero, me ordenaba dejar esa tarea a los otros— terminó transformando la escritura en un trabajo: una tarea realizada no por su propia finalidad, su propia belleza, sino más bien por lo que permitía alcanzar, obtener, bastante más allá de ella misma.

Sabed que que con el paso de los meses, de los años —el año de mi licenciatura—, el acto de escribir tomó una dimensión total, obsesiva. Ese acto dominó mis días tanto como minó mis noches y se convirtió en el más importante de mis actos, incluso en el único acto de mi vida.

Me sigo viendo sentada en mi mesa de trabajo, mirando unas veces a los estudiantes sentados en los peldaños de la escalera del jardín interior, otras veces, la pantalla blanca del ordenador, o las notas escritas a mano en el bloc, o también la puerta de la biblioteca, que atravesaban, en ambos sentidos, alumnos y alumnas. Aquellos momentos, largos, siempre, de decenas de minutos, cuando no de horas enteras, se asemejaban a estados de meditación, de inmersión, que me recordaban, sabéis, el estado en el que te sumerge la oración, y al que me dejaba llevar de buen grado. Era algo más que un esfuerzo de concentración. Intentaba captar *mentalmente, abstractamente,* los instantes iniciales del acto de escribir, lo que una vez me había atrapado, conmovido, emocionado, hasta el punto de reír, de llorar, hasta el punto de pensar y pensar en ello sin poder ya detenerme. De manera que esas experiencias fundamentales, biográficas, no se borraron nunca de mi memoria. Se convirtieron en mis recuerdos, en mis vivencias.

A los veinte años, lo que ambicionaba era esto: que el objeto de la escritura, la materia prima de la novela que, un día, propondría a una editorial, no fuera otra cosa que el objeto de mi memoria. Que hubiera una suerte de confusión voluntaria entre el acto de escribir y el acto de vivir. Que la escritura sirva a la vida y no a la inversa. Que a través de la escritura yo me convierta en cierto modo en mi propio objeto.

Sujeto y objeto.

La inclinación primigenia de querer que la escritura sea el lugar exclusivo de lo *realizado* —que para mí significa el lugar de lo verídico, de lo que ha sucedido y no de lo imaginado, inventado, ficticio— es el indicio de la profunda convicción que tenía y que estructuraba en gran parte mi relación con el acto de escribir en aquellos años: la certeza de que nada era tan importante como dejar por escrito lo que, por lo común, es rechazado, callado, ignorado, dominado.

Cuando finalizaba ese tiempo de recogimiento, de reflexión, en el momento preciso en que me decía a mí misma que había que ponerse al teclado del ordenador y formar las frases que terminarían conformando el libro esperado, concebía la escritura como una contribución colectiva, consagrada en último extremo a hablar de nosotros, de la familia que formábamos, que pertenecía a un grupo histórico, una clase muy extensa, la más numerosa, pobre y violentada.

Los compañeros y las compañeras de la facultad solían decirme: ¡ya no te vemos! O también: ya no te tomas el café con nosotros. Y ahí me tenéis, frente a ellos, con un chándal verde y blanco, la cara descubierta oculta tras unas gafas grandes, el pelo recogido hacia atrás y, en la espalda, la mochila cargada con ordenador, libros y cuadernos, y sin responder nada, me contentaba con sonreír beatíficamente. Con la mirada huidiza y las manos metidas en los bolsillos, balbuceaba unas palabras casi inaudibles. Otras veces, mentía y, abruptamente, para poner fin a la conversación, decía: estoy preparando unas oposiciones, eso es todo.

El proyecto de escritura de la novela —no una novela sin más, *la* novela, la mía— había producido en mí un efecto inesperado, bastante embarazoso. Pues bastaba con que mis compañeros de promoción, mis profesores, Hania o Mohamed, me preguntaran qué hacía durante el día, o trataran de saber en que estaba trabajando jornadas enteras, para que de pronto me quedara muda.

Me hubiera gustado responder con voz tranquila a las preguntas que me hacían. Responder: escribo un libro. Pero no podía pronunciar semejantes palabras. Palabras que indicaban un acto que, una vez situado ante los ojos de los demás, se exponía inmediatamente a ser juzgado, y yo entonces temía ser juzgada también. Y mal juzgada.

La dificultad de escribir se vinculaba a una forma de oprobio que me abrumaba, nacido del sentimiento de transgredir una ley fundamental: la ley según la cual había un sitio para cada cosa y una cosa para cada sitio. De esa alteración del orden es de donde venía la *incomunicabilidad* del acto de escribir. No sabía cómo decirlo, únicamente sabía realizar ese acto —al menos afrontarlo— en la tranquila soledad de las bibliotecas.

LA MENCIÓN

Los resultados de los exámenes de cuarto curso de sociología los entregaron a principios del mes de julio, un miércoles por la mañana. Para la ocasión, me solté el pelo y me puse un vestido largo azul. Esperaba ese día desde hacía tiempo. Me había preparado para ello como para un bautizo, un cumpleaños, una boda.

Eramos unos veinte estudiantes esperando en las proximidades de la secretaría de la facultad de sociología. Unos chicos me dijeron: te queda bien el pelo así. Está bonito. Sería verdad o sería mentira, en otras circunstancias me lo estaría preguntando, pero en esos momentos solo pensaba en los resultados de los exámenes, en esa mención «Bien» que era estrictamente necesario obtener para poder pasar a quinto curso en la universidad parisiense de la Sorbonne-Nouvelle. Durante una conversación telefónica con un profesor de sociología que daba clases allí, un hombre amable y abierto —el único que había respondido entre otros muchos profesores a mi solicitud escrita— me lo había dicho bien claro: la mención «Bien» es una condición *sine qua non* para entrar en nuestro máster.

Cuando salió de su despacho la secretaria con un folio en la mano, comprendimos que había llegado la hora. Y antes de que terminase de clavar el folio en el tablón de anuncios, ya estaba rodeada de chicas y chicos tratando de encontrar su número de estudiante y la nota asociada a él. Luego se marchaban, aliviados o decepcionados.

Si no obtenía esa mención —y, aún más grave, si me faltaban unas décimas—, lo peor estaba por llegar, pensaba. Tendría que tirar los cuadernos, los libros comprados, suprimir el texto mecanografiado titulado «Novela» y revender el portátil negro. Quitar de mi vista, de mi vida, todo ese material, cuya posesión y uso no había tenido sentido más que de cara a mi marcha de S. Y además, debería tomar la decisión de quedarme a vivir en el mismo lugar donde nací; no es que eso fuera muy grave, pensaba, pero no era el futuro al que yo había aspirado. Para mí, y a través de mí, para Hania y Mohamed.

En cada pasillo en el que me hallé y en el que tuve que esperar —en el colegio, el instituto, el ayuntamiento, la delegación de gobierno, la oficina de impuestos, con Hania— siempre me jugué la vida en ello. Pensaba para mí: cuando acabe esta reunión, según la respuesta, la decisión —el veredicto, en suma— que te hayan dado, podrás seguir viviendo o, por el contrario, todo habrá terminado. Y nunca antes ese carácter absoluto, decisivo, *fatal,* lo sentí tan íntimamente como aquel miércoles de julio.

De modo que la espera fue así: insoportable, infinita.

Cuando de pronto la secretaria, apoyada en el quicio de la puerta de su despacho, me llamó: eh, bien, bravo señorita. Ha conseguido su mención, dijo con una voz risueña.

Si grande era el miedo, más grande fue la alegría.

Recuerdo que salí corriendo sin fijarme siquiera en mi media exacta. A paso ligero, atravesé el campus universitario y me dirigí al café de viejas sillas de madera, que llevaba una familia argelina, donde nos acomodábamos, mi amiga Jadiya y yo, rodeadas de adultos, y pedíamos unas veces chocolate caliente, otras refrescos de menta. Y ahí me tenéis, con mi bonito vestido comprado para la ocasión, con el cabello recogido por un pasador salpicado de cuentas rojas, sentada sola en la mesa grande del fondo, sin hacer ni esperar nada, sencillamente viviendo el momento, respirando. Y cuando se presentó el camarero, sujetando con firmeza la bandeja, el mismo camarero que años antes ya nos servía amablemente las bebidas, ahí me tenéis temblando de alegría y sin saber qué responder, pidiéndole tan solo un café, por favor, gracias.

Todavía me veo llamando al profesor de sociología para anunciarle la buena noticia. Enhorabuena, me dijo. Envíenos cuanto antes los documentos que faltan en su expediente. Creo que estaba sinceramente contento por mí, y eso me emocionó. Y pedí otro café. Con ese simple gesto, me sentí una persona mayor, una persona importante que llevaba a cabo cosas *buenas,* algo conmovedor y misterioso porque, realmente, no era nada más que un simple café. Durante casi una hora, llamé a asociaciones, albergues juveniles, hoteles, residencias y centros sociales, y, a cada persona que me respondía, le repetía que estaría en breve en París y que buscaba una habitación. ¿Tendría usted algo para mí?

Cuando me entró el miedo de que no iba a encontrar alojamiento en París y no tendría un techo bajo el que dormir, no pude seguir más tiempo en el café. Esto no tiene ningún sentido, pensaba, estar tomando cafés y, dentro de poco, cuando comience el próximo curso en la universidad, estar sin nada. Así que dejé el dinero entre la taza de café y la notita y me marché.

Ya en casa, me sentía tan feliz como inquieta.

Hania y Mohammed acababan de volver de trabajar. Estaban comiendo en la cocina. Aunque mi peinado y el vestido sin mangas les sorprendieron —lo vi claramente en la mirada de Hania—, no hicieron ningún comentario. Se contentaron con saludarme, y yo los saludé a mi vez, antes de dirigirme a mi habitación.

Semanas después, cuando finalizaba julio, una mujer me llamó por teléfono. Me dijo que había recibido mi petición de alojamiento y me propuso una habitación para un año, con la posibilidad de renovarlo por un año más, en la residencia universitaria Quai de la Loire. No dejé que terminara la frase. La interrumpí: sí, acepto.

Estar segura, desde ese momento, de que iba a tener una habitación en París, una habitación propia donde tener mis cosas, a la que regresar por la tarde, donde dormir, donde prepararme la comida, desde donde salir por las mañanas, me provocó un sentimiento inmenso de seguridad. Desconocido.

A todo correr, para celebrar la noticia, me dirigí al centro comercial. Me compré una maleta, un pijama, una taza blanca con su plato y un cuaderno nuevo.

Estudiar.

Escribo esa palabra en toda una página. Cientos de veces. Seguir diciendo que yo estudio. Estudiar. Lo haga o no lo haga, pero pretenderlo siempre: yo estudio. Y decir también que partir, no era otra cosa que seguir estudiando. Que Hania y Mohamed estén seguros de ello y estén tranquilos.

¿Era decir la verdad, truncarla, era mentir? Poco importaba, pues lo único que contaba para mí era la tranquilidad de Hania y Mohamed. Que nunca su sueño nocturno se viera turbado por mi culpa. Y, entonces, aprovechar esa tranquilidad para alejarme *suavemente* de las costas de la isla encantada sin inquietar a quienes serían, para siempre, sus dos únicos habitantes. Y estar, en la lejanía, sin pena, ni culpable ni traidora, trabajando únicamente para prepararnos un futuro.

El anuncio a mis padres de mi marcha fue sencillo.

Recuerdo que dije con voz firme: Hania, Mohamed, me voy a París a seguir mis estudios. Me he matriculado en la universidad y he encontrado un alojamiento. Añadiendo, para impedir cualquier mal pensamiento que enturbiara mi marcha: Hania, Mohamed, no os preocupéis, no salgo huyendo. Soy una hija que dice hacia qué ciudad se dirige, que da el nombre y el número de la calle, y el piso, y que da el número de teléfono. Soy una hija que se va pensando ya en volver. Una hija que sigue estando *aquí*.

Hania y Mohamed no dijeron nada al principio. Se contentaron con menear la cabeza. Después, con pocas palabras repitieron: bueno, es para estudiar, ¿no?, entonces bien. Y Hania sonrió y lloró. Qué felicidad, repitió. Mi hija se casa, pero con la escuela, añadió.

Y si el anuncio fue tan sencillo, dicho en apenas unos minutos, solo yo sabía, en verdad, la cantidad de días y noches, equivalentes a meses e incluso años, que habían sido necesarios para prepararlo.

Ese tiempo pasado en salir por la mañana y regresar por la tarde; luego, en querer permanecer fuera, el tiempo pasado en soñar con irme y en temer el perjuicio que mi marcha habría causado a Hania y Mohamed, ese tiempo pasado en soñar con irme sin más y en soñar con regresar. Ese tiempo pasado en intentar justificar la marcha y en escribir para integrarla en un proyecto colectivo, ese tiempo, pensaba para mí, no había sido un tiempo perdido, desperdiciado, un tiempo en vano. El tiempo que había sido necesario para partir, cuando partir era para mí mucho más que partir.

Yo era joven, era una hija, una hija nacida de padres que habían dejado su país natal, era una hija ligada a sus padres por un pacto tácito de no vivir nunca más cualquier forma de *separación,* y durante tanto tiempo, un tiempo muy largo, cargué conmigo el miedo de que esa segunda partida, la mía, sonara, para Hania y Mohamed, como una desgracia. La desgracia que siguió a su propia partida.

Pues eso era lo que decían siempre cuando veían aquella película, la película de su boda: lo bien que estaba todo y lo sencillo que era.

Y *algo,* una forma, una huella, una traza de aquella escena en la que los oía hablar y reír juntos en el salón, reír volviendo a ver la película de su boda —y yo sola en la cocina riéndome—, se me quedó grabado, se prolongó, persistió a lo largo del tiempo. Pues la flecha, la flecha disparada, la flecha que, un día, atravesó mi corazón. No fue arrancada. No quise arrancarla nunca. Así que permaneció, ahí, clavada en medio del pecho, derecha como una bandera sin franjas.

Vuelvo a verme yendo y viniendo por nuestra casa, empezando a recoger mis cosas. Hania me ofreció generosamente algunas de las suyas. Toma esto, me dijo, y esto también. Y deslizó en mi mano un libro, su corán.

Debería haberse tomado una fotografía de aquel día porque habría expresado por sí sola más que todo lo que estoy escribiendo aquí con total sinceridad. Se me vería de pie en el umbral de la puerta de nuestro piso, con mi mochila a la espalda y la maleta nueva en la mano. Y se vería a Hania, apostada en la puerta de la cocina, inclinada ligeramente hacia delante, con las manos en los bolsillos del delantal, y a Mohamed en el umbral del salón, con las manos a la espalda, bien erguido y con la cabeza alta. Repito: debería haberse tomado una fotografía para fijar, para que no se perdiera nunca esa escena de nuestra existencia. Ese cuadro.

Título original:
Comme nous existons

ediciones del oriente y del mediterráneo, septiembre 2024
C/Prado Luis, 11; 28440 Guadarrama (Madrid)
Correo-e: info@orienteymediterraneo.com
www.orienteymediterraneo.com/

Cubierta:
ediciones del oriente y del mediterráneo a partir
de *Tierra inmutable* (serie), 1990, del artista hispano-iraquí Hanoos Hanoos
(Taller del Prado).

Impreso en España

Este libro,
cuadragésimo segundo de la colección
letras del oriente y del mediterráneo
acabose de imprimir
el 1 de septiembre de 2024,
aniversario del nacimiento
del Annie Ernaux.